Tucholsky Wagner Zola Scott Sydow Freud Schlegel
Turgenev Wallace Fonatne
Twain Walther von der Vogelweide Fouqué Friedrich II. von Preußen
Weber Freiligrath Frey
Fechner Fichte Weiße Rose von Fallersleben Kant Ernst Frommel
Richthofen
Engels Fielding Hölderlin Dumas
Fehrs Faber Flaubert Eichendorff Tacitus
Eliasberg Ebner Eschenbach
Feuerbach Maximilian I. von Habsburg Fock Eliot Zweig
Ewald Vergil
Goethe Elisabeth von Österreich London
Mendelssohn Balzac Shakespeare Dostojewski Ganghofer
Trackl Lichtenberg Rathenau Doyle Gjellerup
Mommsen Stevenson Tolstoi Hambruch Droste-Hülshoff
Thoma Lenz Hanrieder
Dach Verne von Arnim Hägele Hauff Humboldt
Reuter Rousseau Hagen Hauptmann Gautier
Karrillon Garschin
Damaschke Defoe Hebbel Baudelaire
Descartes
Wolfram von Eschenbach Schopenhauer Hegel Kussmaul Herder
Darwin Dickens Rilke George
Bronner Melville Grimm Jerome Bebel Proust
Campe Horváth Aristoteles
Bismarck Vigny Barlach Voltaire Federer Herodot
Gengenbach Heine
Storm Casanova Tersteegen Gilm Grillparzer Georgy
Chamberlain Lessing Langbein Gryphius
Brentano Lafontaine
Strachwitz Claudius Schiller Schilling Kralik Iffland Sokrates
Katharina II. von Rußland Bellamy
Gerstäcker Raabe Gibbon Tschechow
Löns Hesse Hoffmann Gogol Wilde Gleim Vulpius
Luther Heym Hofmannsthal Klee Hölty Morgenstern
Roth Heyse Klopstock Kleist Goedicke
Luxemburg Puschkin Homer Mörike
La Roche Horaz Musil
Machiavelli Kierkegaard Kraft Kraus
Navarra Aurel Musset Moltke
Nestroy Marie de France Lamprecht Kind Kirchhoff Hugo
Laotse Ipsen Liebknecht
Nietzsche Nansen Ringelnatz
Marx Lassalle Gorki Klett Leibniz
von Ossietzky May vom Stein Lawrence Irving
Petalozzi Knigge
Platon Pückler Michelangelo Kock Kafka
Sachs Poe Liebermann Korolenko
de Sade Praetorius Mistral Zetkin

Der Verlag tredition aus Hamburg veröffentlicht in der Reihe **TREDITION CLASSICS** Werke aus mehr als zwei Jahrtausenden. Diese waren zu einem Großteil vergriffen oder nur noch antiquarisch erhältlich.

Symbolfigur für **TREDITION CLASSICS** ist Johannes Gutenberg (1400 — 1468), der Erfinder des Buchdrucks mit Metalllettern und der Druckerpresse.

Mit der Buchreihe **TREDITION CLASSICS** verfolgt tredition das Ziel, tausende Klassiker der Weltliteratur verschiedener Sprachen wieder als gedruckte Bücher aufzulegen – und das weltweit!

Die Buchreihe dient zur Bewahrung der Literatur und Förderung der Kultur. Sie trägt so dazu bei, dass viele tausend Werke nicht in Vergessenheit geraten.

Aus der Jugendzeit

Deutsch von Adolf Gerstmann
(1855-1921)

Ivan Sergejevich Turgenev

Impressum

Autor: Ivan Sergejevich Turgenev
Übersetzung: Adolf Gerstmann (1855-1921)
Umschlagkonzept: toepferschumann, Berlin

Verlag: tradition GmbH, Hamburg
ISBN: 978-3-8424-1348-1
Printed in Germany

Telegin und Pawlowna.

Es ist nun schon eine ganze Reihe von Jahren her, daß etwa vierzig Werst von unserer Besitzung auf seinem Erbgute Suchodol ein entfernter Verwandter meiner Mutter lebte; er war in seiner Jugendzeit Gardeoffizier gewesen, hatte dann, da er ein ziemliches Vermögen befaß, als es ihm beim Militär nicht mehr gefiel, seinen Abschied nehmen und sich der Bewirthschaftung seines Gutes widmen können – und hieß Alexis Sergejewitsch Telegin.

Da er niemals sein Haus verließ, so kam er natürlich auch nicht zu uns auf Besuch; mich aber schickten meine Eltern zweimal in jedem Jahre zu ihm, um ihm, als dem ältesten Familienmitglied, eine Aufmerksamkeit zu erweisen. Anfänglich machte ich diese Besuche in Gesellschaft meines Erziehers, später allein. Der alte Herr nahm mich immer mit ausnehmender Freundlichkeit bei sich auf, und gewöhnlich dehnte sich mein Besuch so aus, daß ich gleich drei bis vier Tage bei ihm blieb.

Als ich ihn kennen lernte, war er bereits ein Greis; bei meinem ersten Besuche in Suchodol zählte ich erst zwölf Jahre, während er schon ein Siebziger war. Sein Geburtsjahr fiel zusammen mit dem letzten Regierungsjahr der Kaiserin Elisabeth.

Er lebte ganz allein mit seiner Gattin Melania Pawlowna, die etwa zehn Jahre jünger als er selbst sein mochte. Aus ihrer Ehe waren zwei Töchter entsprossen, diese waren aber Beide schon seit langen Jahren verheirathet und kamen nur höchst selten einmal auf das Gut; zwischen ihren Eltern und ihnen war, wie das russische Sprichwort sagt, eine schwarze Katze hindurchgelaufen, und daher mochte es wohl auch kommen, daß Alexis Sergejewitsch nur in ganz vereinzelten Fällen seine Kinder erwähnte.

Ich sehe im Geiste noch immer das alte Gebäude vor mir, das aber trotz aller seiner Eigenthümlichkeiten doch so recht den Eindruck eines Herrensitzes machte, wie ihn unsere Steppenjunker lieben. Das Haus war nur einstöckig, hatte aber gewaltige Plattformen und Galerien; zu Anfang dieses Jahrhunderts war es aus kolossal dicken Fichtenstämmen aufgerichtet worden. Aus den ehemaligen Schisdrinski'schen Wäldern, von denen heute auch nicht mehr die kleinste Spur übrig geblieben ist, waren die Baumriesen herbeigeschafft worden. Das Haus war sehr geräumig und enthielt eine Unmasse Zimmer und Kammern, die allerdings, um die Wahrheit zu sagen, durchgängig sehr niedrig und auch ziemlich dunkel waren. Um den Winterfrost nach Möglichkeit fern zuhalten, hatte man nur äußerst kleine Fensteröffnungen in den Wänden angebracht. Nach dem allgemeinen Gebrauche – jetzt muß man allerdings sagen: nach dem damaligen allgemeinen Gebrauche, war das Herrenhaus von allen Seiten von Dienerwohnungen und Wirtschaftsgebäuden umgeben. Auch ein Garten war in nächster Nähe, und wenn er auch nur klein war, so enthielt er doch einzelne Bäume mit ausgezeichnetem Obst – hier wuchsen die saftigsten Aepfel und die schmackhaften Birnen ohne Kerne.

Zehn Werst im Umkreise erstreckte sich die einförmige, ebene Steppe; fettes, schwarzes Erdreich, ohne die geringste Abwechselung, keinen einzigen hervorragenden Gegenstand konnte das Auge erblicken, so weit es auch in der Runde streifte – keinen Baum, nicht einmal einen Kirchthurm. Nur weit, weit hinten am Horizont gewahrte man die Umrisse einer Windmühle mit durchbrochenen Flügeln.

Alle Räume des Hauses waren mit altmodischen, einfachen, an Ort und Stelle angefertigten Möbeln angefüllt. Eigenthümlich nahm sich im Salon ein in der Nähe des Fensters befindlicher Meilenstein aus mit folgender Inschrift:»Wenn du diesen Salon achtundsechzig Mal durchschreitest, hast du eine Werst zurückgelegt; wenn du siebenundachtzig Mal von der äußersten Ecke dieses Salons bis zur rechten Ecke des Billards gehst, so hast du ebenfalls eine Werst zurückgelegt« u. s. w.

Was aber Jedem, der dem Herrenhause zum ersten Male einen Besuch abstattete, am allermeisten auffiel, das war die große Menge von Bildern, die ringsum an allen Wänden hingen; es waren zum größten Theil Werke von Meistern aus der sogenannten älteren italienischen Schule – Landschaften, mythologische und religiöse Darstellungen. Da aber alle Gemälde außerordentlich nachgedunkelt hatten – zum großen Theil hatte sich sogar die einst glatte Fläche der Leinwand geworfen – so konnte das Auge nichts unterscheiden, als einzelne fleischfarbene Flecke, hier und da wohl auch eine rothe Draperie, die um einen unsichtbaren Rumpf geschlungen sein mochte, einen dem Anschein nach in der Luft schwebenden Bogen, einen zerzausten Baum mit fast blau erscheinendem Laube, oder auch die Brust einer Nymphe, dem Deckel einer Suppenterrine vergleichbar; oder wohl auch eine zerschnittene Melone mit ihren schwarzen Kernen, einen Turban mit Feder oberhalb eines Pferdekopfes, oder endlich das Bruchstück einer Apostelfigur, ein zimmetfarbenes Bein mit kräftiger Wade und dicken, nach oben gerichteten Zehen.

Den Ehrenplatz im Salon nahm das lebensgroße Portrait der Kaiserin Katharina II. ein, eine Kopie des bekannten Lampi'schen Bildes. Es war der Gegenstand der besonderen Verehrung, ja – man kann ohne Uebertreibung fast sagen: der Anbetung und Vergötterung Seitens des Hausherrn. Von den Decken hingen Kronleuchter von Bronze mit gläsernem Aufputz herab, die alle sehr klein und auch sehr staubig waren.

Alexis Sergejewitsch Telegin war ein kleines, untersetzt gebautes, rundliches Männchen mit vollem, etwas blassem, aber doch recht angenehmem Gesicht, schmalen Lippen und mit dichten Brauen über den kleinen, äußerst lebhaft blickenden Augen. Die wenigen Haare, die ihm noch geblieben waren, pflegte er nach hinten über zu kämmen. Erst im Jahre 1812 hatte er aufgehört, das Haar zu pudern. Seine Kleidung bildete unabweislich ein grauer Mantel mit drei auf die Schulter fallenden Kragen, eine gestreifte Weste, hirschlederne Beinkleider, dunkelrothe Saffianstiefel mit herzförmigem Ausschnitt und Quasten am oberen Schäftenrand; außerdem trug er ein weißes baumwollenes Tuch um den Hals geschlungen, ein Jabot, Manschetten und endlich zwei große englische Uhren – in jeder Westentasche befand sich eine. Für gewöhnlich hielt er in der rechten Hand eine emaillirte Tabacksdose mit spanischem Taback; die Linke stützte sich auf einen Stock, dessen silberner Knopf vom langen Gebrauche so abgerieben war, daß er ordentlich glänzte.

Telegins Stimme war näselnd und dünn; er lächelte beständig. Sein Lächeln hatte einen freundlichen Ausdruck, aber auch etwas Herablassendes und einen leisen Beigeschmack von Selbstgefälligkeit. Dünn und fein, wie sein Sprechen, hörte sich auch sein Lachen an. Er hatte die Lebensart aus der Zeit der Kaiserin Katharina beibehalten, und deshalb war er in höchstem Maße höflich und artig; auch alle seine Bewegungen waren langsam und wie abgemessen und abgerundet. Die Schwäche seiner Füße hinderte ihn daran, zu gehen; er konnte nur mit kleinen Schritten von einem Sessel zum andern trippeln, und auf diesen ließ er sich dann wieder nieder, oder vielmehr er fiel in den Sessel, der weich und elastisch wie ein Kissen war.

Telegin machte, wie ich schon erzählt habe, keine Besuche und hatte auch mit seinen Nachbarn fast gar keinen Verkehr, obgleich er die Gesellschaft und Geselligkeit liebte, denn er war von Natur etwas redselig, um nicht geschwätzig zu sagen. An Gesellschaft fehlte es in seinem Haufe auch nie; da fanden sich mehrere Nikanor Nikanoritsche, Sebastej Sebastejewitsche, Fidulitsche, Michailowitsche u. s. w. – lauter verarmte Landjunker. Sie lebten unter seinem Dache und trugen zum Theil sogar die von ihm abgelegten Mäntel und Beinkleider. Im andern Theile des Hauses lebte eine hübsche Anzahl heruntergekommener Edelfrauen; sie trugen Kattunkleider, dunkle Tücher und hielten ihre baumwollenen Arbeitsbeutel zwischen den zusammengepreßten knöchernen Händen – das waren nun wieder die verschiedenen Awdolia's, Pelagia's u.s.w. Alexis Sergejewitsch war so gastfrei, daß an seinem Tische fast niemals weniger als fünfzehn Personen vereint waren.

Unter all' diesen, die hier aus Mitleid und Erbarmen ernährt wurden, traten besonders Persönlichkeiten durch ihre Eigenart hervor: ein Zwerg, der den Beinamen Janus oder der Zweigesichtige führte, dänischer oder, wie Einige behaupteten, jüdischer Abstammung, und ferner der verrückte Fürst L.

Im Gegensatz zu den Sitten und dem Gebrauche der damaligen Zeit diente der Zwerg durchaus nicht etwa dem Hausherrn als ein Gegenstand des Amüsements oder als Narr. Gerade das Gegentheil war der Fall; Janus war immer schweigsam, sah finster und verdrossen darein, zog die Augenbrauen zusammen, runzelte die Stirn und knirschte mit den Zähnen, sobald irgend Jemand sich einfallen ließ, eine Frage an ihn zu richten. Alexis Sergejewitsch nannte ihn »den Philosophen« und hatte in gewissem Sinne sogar Hochachtung vor ihm. Bei Tisch wurden, sobald die Herrschaft und die Gäste bedient waren, die einzelnen Schüsseln ihm zuerst vorgesetzt.

»Gott hat ihn heimgesucht,« pflegte Telegin zu sagen; »das war der göttliche Wille. Um so weniger darf ich oder ein Anderer noch wagen, ihm zu nahe zu treten.«

»Warum halten Sie ihn denn eigentlich für einen Philosophen?« fragte ich einst. Janus konnte mich nicht leiden; sobald ich mich ihm nur näherte, wurde er ärgerlich und brummte mit heiserer Stimme: »Laß mich in Frieden, aufdringlicher Mensch!«

»Weshalb soll er, Gott behüte, kein Philosoph sein?« antwortete mir Telegin. »Beachte doch nur einmal, mein Junge, wie gut er zu schweigen versteht.«

»Und weshalb nennt man ihn den Zweigesichtigen?«

»Deshalb, mein Junge, weil er ein Gesicht nur nach außen zeigt – und nach diesem beurtheilt Ihr ihn natürlich, Ihr Naseweise. Er hat aber noch ein anderes Gesicht, das ist sein wirkliches. Dieses verbirgt er. Ich kenne es einzig und allein, und ich liebe ihn deswegen auch, denn dieses zweite Gesicht ist ein gutes Gesicht. Du siehst z.B. hin, und nimmst doch nichts wahr; ich aber, ich sehe und erkenne Alles, was in ihm vorgeht, auch wenn er kein Wort spricht. Ich erkenne es sofort, wenn er mit mir unzufrieden ist. Er ist sehr streng, aber er hat immer Recht. Du, mein Bürschchen, kannst das natürlich nicht begreifen, aber glaube es nur, wenn es ein so alter Mann sagt, wie ich es bin.«

Die wirkliche Geschichte des Zwerges Janus – woher er stammte, auf welche Weise er zu Telegin ins Haus gekommen war – blieb aller Welt ein Geheimniß. Dagegen war die Geschichte des Fürsten L. uns Allen wohl bekannt.

Er stammte aus einer reichen und sehr angesehenen Familie, war im Alter von zwanzig Jahren nach Petersburg gekommen und in ein Garderegiment eingetreten. Gleich beim ersten großen Empfange im Schlosse bemerkte ihn die Kaiserin Katharina; sie blieb vor ihm stehen, und indem sie mit dem Fächer auf ihn deutete, sagte sie laut zu einem Herrn ihres Gefolges: »Sieh doch nur, Adam Wassiljewitsch, welch' ein hübscher Mensch das ist. Man glaubt wirklich, eine Puppe vor sich zu haben.«

Dem armen jungen Mann drehte sich Alles vor den Augen im Kreise herum. Kaum war er in seiner Wohnung wieder angelangt, als er auch schon den Wagen anspannen ließ, und nachdem er das Band des Annenordens angelegt hatte, fuhr er in der Stadt spazieren mit der Miene und den Manieren Eines, der bereits der erklärte Günstling geworden.

»Fahr' über Alle hinweg!« schrie er seinem Kutscher zu. »Hörst Du wohl? Du sollst über Alle hinwegfahren, die mir nicht ausweichen!«

Das wurde natürlich zur Kenntniß der Kaiserin gebracht. Die Folge davon war, daß der junge Mann für toll erklärt und zweien seiner Brüder zur Bewachung übergeben wurde. Diese machten auch nicht viel Federlesens, brachten ihn aufs Land, schlossen seine Füße mit Ketten an einander und sperrten ihn in ein steinernes Gewahrsam. Da sie das Vermögen des Bedauernswerthen für sich selbst haben wollten, so hielten sie ihn auch dann noch gefangen, als er schon längst wieder zur Vernunft gekommen war. Schließlich war er so lange, unter dem Verdacht wahnsinnig zu sein, festgehalten worden, bis er thatsächlich den Verstand verlor.

Dieser niederträchtige Streich brachte ihnen aber keinen Vortheil. Fürst L. überlebte seine Brüder und nach zahllosen Schwierigkeiten und Scheerereien kam er endlich, halb durch Zufall, unter die Vormundschaft Telegins, der auf irgend eine Weise mit ihm verwandt war. Er war ein dicker, vollkommen kahlköpfiger Mann mit langer, spitzer Nase und blauen aus dem Kopfe hervorstehenden Augen. Er hatte das Sprechen mit der Zeit vollkommen verlernt und stieß nur unartikulirte Laute aus. Aber zum Singen hatte er bis ins hohe Alter eine treffliche, silberhell klingende Stimme sich bewahrt und russische Volkslieder trug er wirklich entzückend vor. Beim Singen brachte er auch jedes einzelne Wort vollkommen klar und wohllautend zum Ausdruck.

Von Zeit zu Zeit hatte er Anfälle von Tobsucht und dann war er wahrhaft schrecklich. Er stellte sich dann in eine Ecke, drehte das Gesicht der Wand zu und stieß, während sein Gesicht roth und schweißbedeckt war und sogar die Glatze dunkelroth erschien, ein gellendes Lachen aus, stampfte mit den Füßen und befahl, irgend Jemanden – wahrscheinlich hatte er dabei seine Brüder im Sinn – aufs Allerstrengste zu bestrafen.

»Schlage!« brüllte er auf, während ein Lachanfall ihn fast zu ersticken drohte. »Peitsche ohne Erbarmen darauf los! Schlage! Schlage diese Ungeheuer, meine Feinde! Gut so, gut so, immer noch kräftiger!«

Am Vorabende von des Fürsten Tod trug sich etwas zu, was Alexis Sergejewitsch in höchsten Schrecken versetzte. Blaß und sehr still trat der Tolle in das Zimmer meines Onkels, verneigte sich tief, dankte für das Obdach und alle die Unterstützungen, die ihm in diesem Hause zu Theil geworden waren und bat dann, zu einem Geistlichen zu schicken, denn der Tod sei ihm genaht – er habe ihn schon gesehen; deshalb sei es jetzt auch an der Zeit, von Allen Abschied zu nehmen und an sein Seelenheil zu denken.

»Du hast den Tod gesehen?« murmelte ganz entsetzt Telegin, der zu gleicher Zeit aufs Höchste erstaunt war, denn er hatte noch niemals zuvor Jenen in so zusammenhängender Weise reden hören. »Wie sah er denn aus? Trug er eine Sense?«

»Nein,« erwiderte Fürst L. »Es war einfach ein altes, mit einer Jacke bekleidetes Weib. Es hatte nur ein einziges Auge – mitten auf der Stirn. Ein solches Auge bekommt man in aller Ewigkeit nicht zum zweiten Male zu sehen.«

Wirklich starb Fürst L. am nächsten Tage, und zwar starb er bei vollständiger Klarheit des Geistes, nachdem er mit dem Geistlichen gesprochen und sich von allen Hausgenossen verabschiedet hatte.

»Auch ich werde so sterben,« sagte Telegin zuweilen. Und ziemlich ähnlich ging es in der That bei seinem Tode zu; doch das werde ich später erzählen. Vorerst wollen wir zu unserm eigentlichen Gegenstande zurückkehren.

Mit seinen Nachbarn unterhielt Telegin, wie ich schon sagte, nur äußerst geringfügigen Verkehr, und auch sie mochten ihn nicht besonders leiden; sie bezeichneten ihn als einen Sonderling, als stolz, spöttisch und sogar als einen »Martinisten«, womit sie einen Menschen bezeichnen wollten, der die Pflichten, welche er der Obrigkeit gegenüber hatte, nicht anerkennen wollte.

Die Leute hatten dabei bis zu einem gewissen Grade sogar Recht. Alexis Sergejewitsch hatte fast siebzig Jahre hintereinander auf seiner Besitzung Suchodol verlebt und war dabei zu den Behörden, zu der Verwaltung und zum Gericht fast in gar keine Beziehung getreten.

»Das Gericht ist für die Räuber geschaffen, die Verwaltungsbehörden sind wegen der Soldaten da,« pflegte er zu sagen. »Gott sei Dank bin ich aber weder Räuber noch auch Soldat.«

Ein Sonderling war der alte Herr in mancher Beziehung ganz entschieden; aber eben so sicher ist, das seinem Wesen alles Niedrige und Kleinliche fremd war.

Ich habe niemals genau erfahren können, welcher Art eigentlich seine politischen Anschauungen waren – wenn es überhaupt gestattet ist, einen so modernen Ausdruck auf die damalige Zeit und einen ihrer Vertreter anzuwenden. Alles in Allem genommen, war er ein Aristokrat und zwar noch mehr Aristokrat als das, was man in Rußland gemeiniglich mit »großer Herr« zu bezeichnen pflegt. Einigemale gab er seinem Bedauern darüber Ausdruck, daß Gott ihm keinen Sohn und Erben geschenkt habe, »um das Geschlecht zu Ehren zu bringen und die Familie zu erhalten.« An der Wand seines Zimmers hing in einem vergoldeten Rahmen der sehr verzweigte Stammbaum der Telegins; es waren da eine Menge Kreise zwischen die Blätter gezeichnet, daß es aussah, als hingen Aepfel von den Zweigen herab.

»Wir Telegins,« sagte er, »sind ein altes Geschlecht, das sein Bestehen schon in der grauen Vorzeit nachweisen kann. Aber so viel wir unserer auch waren, niemals sah man Einen von uns sich in den Vorzimmern der Großen herumdrücken. Nie hat sich ein Telegin auf dem Treppenflur des Czarenpalastes die Beine müde gestanden, niemals sich eine Gnadenstelle ausgebeten, niemals einen Schmuck getragen, den er erbeten hätte, niemals in Moskau oder in Petersburg intriguirt. Wir blieben immer hübsch daheim. Jeder saß auf seiner Scholle – wir liebten unser Nest und blieben ihm treu. Wir sind Eingesessene, mein Junge! Ich selbst habe zwar in der Garde gedient, aber auch das hat, Gott sei Dank, nicht lange gedauert.«

Alexis Sergejewitsch hatte eine an Schwäche grenzende Vorliebe für die gute alte Zeit.

»Damals war man viel freier, viel selbstständiger und würdiger, das kann ich auf mein Ehrenwort versichern. Aber seit dem Jahre eintausendachthundert –« (weshalb gerade von diesem Jahre an, hat er niemals näher erklärt), »aber seit diesem Jahre hat das Militärhandwerk die Oberhand gewonnen. Die Herren Soldaten setzten sich damals Federbüsche aus Hahnenschwänzen auf den Kopf und glichen nun selbft Hähnen. Sie reckten den Hals, daß sie gar nicht mehr sprechen, sondern nur noch krächzen konnten und dabei rissen sie die Augen auf, daß sie ihnen förmlich aus dem Gesichte herausquollen. Einmal kommt solch ein Polizeikorporal zu mir und sagt: ›Euer Hochwohlgeboren‹ – damit wollte er mir wahrscheinlich imponiren; als ob ich nicht selbst wüßte, daß ich ein Edelmann bin – also er sagt: ›Euer Hochwohlgeboren, ich habe mit Ihnen ein Geschäft abzuwickeln.‹ Ich aber erwiderte ihm: ›Verehrter Herr, machen Sie sich vor allen Dingen erst die Knöpfe an Ihrem Rockkragen auf, denn Sie könnten unversehens niesen – und wissen Sie, was dann passirt? Dann müssen Sie zerspringen, wie eine Granate – Gott soll Sie davor bewahren. Und ich werde dann wohl gar für Ihren Tod verantwortlich gemacht.‹ Und trinken können diese Herren Militärs, das geht ins Unglaubliche. Ich lasse ihnen immer von meinem donischen Champagner reichen, denn ob Champagner oder Pontac – ihnen fließt Alles gleich leicht und schnell durch die Kehle. Wozu also erst noch lange einen Unterschied machen? Und dann haben sie noch eine neue Erfindung gemacht, den Lutschbeutel, an dem sie immer saugen – ich meine die Tabackspfeife. Solch ein Soldat steckt sich den Lutschbeutel in den großen Mund unter den borstigen Schnurrbart, stößt dann den Dampf durch Nase, Mund und selbst durch die Ohren aus und glaubt dann Wunder welch großer Held zu sein. Sogar meine Schwiegersöhne, von denen der Eine doch Senator ist und der Andere so etwas, was man, glaube ich, Kurator nennt, saugen an diesen neumodischen Lutschbeuteln und glauben dabei, Menschen mit ganz gesunden Sinnen zu sein.«

Genau wie gegen den Rauchtabak hatte Alexis Sergejewitsch auch eine tiefe Abneigung gegen Hunde, ganz besonders gegen die kleinen.

»Wenn Du ein Franzose bist,« sagte er, »so magst Du meinetwegen solch ein Vieh um Dich haben. Du läufst, Du springst – hierhin – dorthin – und es folgt Dir immer nach, es springt, den Schwanz in die Höhe gerichtet, immer um Dich herum. Aber was sollen wir Russen mit solcher Bestie anfangen?«

Von der Kaiserin Katharina sprach er immer mit wahrer Begeisterung und in sehr wohlgesetzter Redeform, sogar mit gesuchten Ausdrücken.

»Ein Halbgott war sie, kein gewöhnliches Menschenkind! Betrachte nur einmal, mein Junge, dieses Lächeln,« fuhr er fort, indem er respektvollst auf das Lampi'sche Porträt deutete, »dann wirst Du mit mir darin übereinstimmen, daß sie ein Halbgott gewesen. Einmal in meinem Leben bin ich so glücklich gewesen, gewürdigt zu werden, dieses Lächeln in Wirklichkeit zu schauen und in meinem Herzen wird, so lange ich lebe, der Eindruck nicht verwischt werden, den ich davon empfangen.«

Dann theilte er mir Anekdoten aus dem Leben Katharina's mit und zwar waren dies meistens solche, die ich nirgends sonst weder gehört noch gelesen habe. Hier eine derselben:

Alexis Sergejewitsch gestattete Niemandem, auch nur die leiseste Anspielung auf die bekannten Schwächen der großen Kaiserin zu machen. »Man hat ja schließlich auch nicht das Recht,« pflegte er dabei zu sagen, »über diese erhabene Frau so zu urtheilen, wie über gewöhnliche Menschen.« Eines Morgens saß sie bei der Toilette in ihren Pudermantel gehüllt und ließ sich die Haare kämmen. Was glaubt man wohl, das dabei geschah? Die Kammerfrau fährt mit dem Kamme durch das Haar und dabei springen die elektrischen Funken aus demselben und sprühen nach allen Seiten. Sofort ließ die Kaiserin den Leibarzt Rodgerson, der an diesem Tage gerade Dienst hatte, zu sich rufen und sagte zu ihm: >Ich weiß sehr wohl, daß man wegen gewisser Vorkommnisse mich verurtheilt. Aber siehst Du hier die Funken? Sie rühren von der mir innewohnenden Elektrizität her. Nun, bei meiner Natur und Komplexion wirst Du, da Du doch Arzt bist, begreifen, wie Unrecht man mir thut, wenn man mich verurtheilt. Man sollte doch vorher mich und mein Wesen genau kennen lernen.«

Das folgende Ereigniß hatte sich unauslöschlich in Telegins Gedächtniß eingeprägt.

Eines Tages, er war damals kaum sechzehn Jahre alt, hatte er die Wache im inneren Schloßhofe. Plötzlich geht die Kaiserin an ihm vorüber; er macht Honneur und »sie« – Alexis Sergejewitsch rief das jedesmal in freudigstem Ton und mit strahlendem Gesicht – »sie lächelte über meine Jugend, meinen Eifer und hatte die Gnade, mir ihre Hand zum Kusse zu reichen, dann mich auf die Backe zu klopfen und mich zu fragen, wer ich sei, woher ich stamme, welcher Familie ich angehöre und dann –« hier stockte die Stimme des Alten vollkommen – »dann – dann befahl sie mir, ich solle meine Mutter in ihrem Namen grüßen und ihr danken, daß sie ihre Kinder so gut erzogen habe. Ob ich in diesem Augenblicke schon im Himmel oder noch auf Erden weilte, und wohin die hohe Frau sich zu entfernen geruhte, ob sie in die Wolken sich erhob oder sich in einen anderen Flügel des Gebäudes begab, das kann ich noch zu dieser Stunde nicht mit Gewißheit angeben.«

Wiederholt hatte ich schon versucht, den Alten über jene nun schon so weit hinter uns liegenden Zeiten auszufragen und dies ganz besonders über die Personen, welche sich in der Umgebung der Kaiserin befanden. Aber meistens wich er der Beantwortung solcher Fragen aus.

»Wozu soll man so viel vom Vergangenen erzählen?« sagte er. »Es regt nur unnütz Denjenigen auf, der die Zeiten mit durchlebt hat. Man erzählt von den Tagen, da man selbst noch jung war, während man heute kaum noch einen einzigen Zahn im Munde hat. Das muß man übrigens sagen: die alten Zeiten waren doch schön! Nun, wir wollen nicht weiter darüber reden. Was aber nun jene Menschen anbetrifft, auf welche Du junger Bösewicht die Rede gebracht hast – Du meinst doch sicherlich die Günstlinge, die Schranzen? Höre einmal! Du hast doch wohl gewiß schon einmal im Wasser eine Blase aufsteigen sehen? So lange sie ganz ist, kann man sie in den schönsten Farben schimmern sehen – roth, blau, gelb flimmert es, kurz, es gleicht dem Regenbogen und den Brillanten. Aber nach ganz kurzem Verweilen platzt die Blase und dann findest Du auch nicht die mindeste Spur mehr weder von ihr noch auch von ihrem schönen Farbenspiel. Da hast Du mit kurzen Worten die Geschichte jener Menschen.«

»Und Potemkin?« fragte ich einmal.

Alexis Sergejewitsch nahm eine ernste Miene an.

»Potemkin, Gregor Alexandrowitsch, war ein Staatsmann, ein Gottesgelehrter, ein Zögling Katharina's – man möchte fast sagen: ihr Kind. Aber genug davon, mein Junge!«

Telegin war ein sehr frommer Mann, und obwohl es für ihn mit großen körperlichen Beschwerden verbunden war, besuchte er doch regelmäßig die Kirche. Von Aberglauben war nichts an ihm zu finden; er machte sich über Vorzeichen, bösen Blick und ähnliche Albernheiten, wie er es nannte, lustig; dennoch aber hatte er es nicht gern, wenn ihm ein Hase über den Weg lief und eine Begegnung mit dem Geistlichen war ihm niemals angenehm. Das hinderte ihn aber durchaus nicht, den Popen in jeder Hinsicht respektvoll entgegenzukommen; er ließ sich von ihnen den Segen ertheilen und küßte ihnen dafür auch die Hand – aber in ein Gespräch ließ er sich nicht gern mit ihnen ein.

»Es geht ein gar zu starker Duft von ihnen aus,« erklärte er mir einmal, »und ich Sünder bin nicht im Stande, das auf die Dauer zu ertragen. Sie haben so lange Haare, die sie mit Oel voll schmieren. Diese ziehen sie dann nach allen Seiten auseinander und glauben wohl gar noch, mir dadurch ihren Respekt zu bezeugen; während des Gespräches stöhnen und seufzen sie auch fortwährend – ich weiß nicht, thun sie es aus Verlegenheit oder meinen sie, daß sie mir damit einen besondern Gefallen erweisen. Dann haben sie auch die Gewohnheit, uns an unsere Todesstunde zu erinnern. Ich aber, komme es nun, wie es mag, ich habe noch Lust zu leben. Uebrigens mußt Du, mein Junge, das, was ich Dir hier sage, nicht weiter plaudern. Achte und ehre den geistlichen Stand; nur Dummköpfe haben keine Hochachtung vor ihm. Ich bin eben ein alter Mann, und deshalb lade ich auch die Schuld auf mich, häufig Unsinn zu schwatzen.«

Wie alle Edelleute jener Zeit besaß auch Alexis Sergejewitsch Telegin nur eine sehr mittelmäßige Bildung, aber bis zu einem gewissen Grade war er selbst schuld an diesem Mangel und zwar durch seine Lektüre. Die einzigen Bücher, die er überhaupt las, waren russische Werke aus dem Ende des vorigen Jahrhunderts. Neuere Schriftsteller fand er kraftlos und ohne Form. Wenn er las, stand neben ihm auf einem Tischchen eine silberne Kanne, die mit einem eigenthümlichen, mit Pfeffermünze gewürzten Kwaß gefüllt war, und der scharfe Geruch drang bis in die entferntesten Räume des Hauses. Beim Lesen setzte er eine große Brille mit runden Gläsern auf die Nasenspitze. In der letzten Zeit las er übrigens noch weniger, als sonst; er begnügte sich damit, gedankenvoll über die Einfassung der Brille hinweg auf das Buch zu starren, dabei zog er die Augenbrauen in die Höhe, bewegte die Lippen und seufzte von Zeit zu Zeit. Eines Tages traf ich ihn, als er ein Buch auf den Knieen hielt und weinte; das überraschte mich, wie ich offen gestehen muß, ganz ungemein. Er erzählte mir nun, daß er sich an folgende Verse erinnert hätte:

>O Menschenkind, wie unselig bist Du!
Niemals findest auf Erden Du Ruh'.
Du hast nur Ruhe auf dieser Welt,
Wenn Dein Körper zu Staub im Grabe zerfällt.
Auch diese Ruh' mag uns trübselig erscheinen;
Der Todte schlafe – der Lebende soll weinen.«

Die Verse hatten einen gewissen Kornitsch-Kornitzky, einen fahrenden Poeten, zum Verfasser, den Alexis Sergejewitsch in seinem Hause aufgenommen hatte, weil er ihm als ein feinfühliger und zart besaiteter Mensch erschienen war. Der Dichter trug Schuhe mit Schnallen und Schleifen, sprach im kleinrussischen Dialekt und seufzte häufig, wobei er die Augen zum Himmel aufschlug. Zu diesen Vorzügen kam noch der weitere, daß Kornitsch- Kornitzky, der in einem Jesuiten-Kollegium erzogen war, sehr gut französisch sprach, während der Hausherr es nur »verstand«. Aber nachdem er sich eines schönen Tages in der Schenke einen selbst für russische Verhältnisse ungewöhnlichen Rausch geholt hatte, legte der so zartbesaitete Mensch eine unglaubliche Rohheit an den Tag. Dem Kammerdiener Telegins schlug er Arme und Beine entzwei, prügelte den Koch, zwei zufällig des Weges kommende Wäscherinnen und einen im Hause arbeitenden Tischler weidlich durch, zerschlug eine große Anzahl Fensterscheiben und brüllte dabei fortwährend: »Diesen russischen Taugenichtsen, diesen niederträchtigen Ungläubigen werde ich schon zeigen, was sie werth find!«

Welch eine Kraft kam bei dieser Gelegenheit in dem so schwäch-
lich und kränklich aussehenden Sängersmann zum Vorschein! Acht
Männer konnten ihn nur mit Mühe und Noth bewältigen. Nach
diesem Auftritt hatte die Geschichte aber auch ein Ende; Telegin
ließ den Dichter zum Hause hinauswerfen, jedoch nicht ohne ihn
vorher – die Sache trug sich im Winter zu – zur Abkühlung so, wie
ihn Gott geschaffen hatte, in den Schnee stecken zu lassen.

»Ja,« pflegte Alexis Sergejewitsch Telegin zuweilen zu sagen,
»meine Zeit ist vorüber. Einstmals war ich ein gutes Pferd, aber nun
bin ich lahm. Siehst Du wohl, ich habe sogar Dichter auf meine
Kosten unterhalten, ich habe Gemälde und Bücher zusammenge-
kauft. Die Gänse auf meinem Gute waren mindestens ebenso gut als
die Muchanowski'schen, und meine Tauben waren von seltenster
Race, alle so hübsch lehmfarben. Ich hatte Alles und war von Allem
Liebhaber, nur nicht von Hunden. Die Hunde haßte ich Zeit meines
Lebens gerade so, wie die Trunkenbolde. Ich konnte manchmal sehr
heftig und auch wüthend werden, denn ich wollte durchaus immer
die Telegins als Erste in jeder Beziehung glänzen sehen. Und welch
prächtiges Gestüt hatte ich seiner Zeit! Was meinst Du wohl, mein
Junge, woher meine Pferde stammten? Aus den berühmten Gestüten des Czaren Iwan Alexejitsch, des Bruders Peters des Großen. Du
kannst es mir aufs Wort glauben. Alle meine Hengste waren dun-
kelbraun. Mähnen hatten sie bis ans Knie und ihre Schwänze reich-
ten bis zur Erde herab; sie sahen fast wie Löwen aus. Und das ist
nun Alles gewesen! Alles ist verschwunden, Gras ist darüber ge-
wachsen. O Eitelkeit der Eitelkeiten, Alles ist eitel! Wozu hilft aber
alles Klagen und Bedauern? Jedem Menschen ist die Grenze seines
Wirkens vom Schicksal genau vorgeschrieben. Man kann schließlich
nicht höher fliegen, als der Himmel ist; man kann nicht im Wasser
leben und kann auch seinem Geschick nicht entgehen, eines Tages
in die Erde gesenkt zu werden. Wir wollen aber bis dahin noch
leben, so gut es eben geht.«

Und dabei lächelte der brave Alte wieder und nahm eine Prise
von seinem spanischen Taback.

Die Bauern liebten ihn. Sie sagten: »Er ist ein guter Herr und ge-
räth nicht bei jeder Gelegenheit in Zorn.« Aber auch sie verglichen
ihn, wie er selbst es that, mit einem spattlahmen Gaul. Früher be-

aufsichtigte Telegin Alles selbst; er ritt auf die Felder, ging in die Mühle und in die Butterkammer. Er unterließ auch nie, einen Blick in die Bauernhäuser zu werfen. Sein roth ausgeschlagenes Gefährt, eine sogenannte Reitdroschke, war allgemein bekannt und ebenso das davor gespannte Pferd, ein mächtiges Thier mit großem Stern auf der Stirne, vom Volksmund "die Laterne" genannt. Das Pferd stammte aus den oben erwähnten berühmten Gestüten und Telegin lenkte es selbst, indem er die Enden der Zügel um seine Fäuste schlang. Als der Alte nun aber das siebzigste Jahr erreicht hatte, bekümmerte er sich um die Wirthschaft nicht mehr, sondern übergab die Verwaltung seines gesammten Besitzthums dem Beamten Antig, den er insgeheim ein Wenig fürchtete, und den er, in Erinnerung an die Voltaire'sche Epoche, Mikromegas nannte, oder auch einfacher: Blutigel.

»Nun, Blutigel, was gibt's Neues? Hast Du Scheuer und Tennen hübsch angefüllt?« pflegte er zu fragen, wobei er Jenem lächelnd gerade in die Augen sah.

»Alles, was ich habe, danke ich Ihrer Gnade,« antwortete Antig harmlos.

»Ach was – Gnade! Nimm Dich vor mir in Acht, Mikromegas. Wage es nicht, meine Bauern, auch wenn es nicht vor meinen Augen geschieht, auch nur mit einem Finger zu berühren. Wenn sich meine Bauern beklagen, dann – sieh Dir einmal diesen Rohrstock hier an – dann kannst Du nähere Bekanntschaft mit ihm machen.«

»Ihr Rohrstock, Väterchen Alexis Sergejewitsch, kommt mir auch ohnedies nie aus dem Gedächtniß,« erwiderte Antig-Mikromegas, sich langsam den Bart streichend.

»Um so besser, vergiß ihn nie!«

Und dann lachten der Gutsherr und sein Verwalter sich gegenseitig freundlich an.

Sein Gesinde und ganz besonders seine Leibeigenen, die er gern als sein »Volk« bezeichnete, behandelte Telegin mit großer Güte. »Siehst Du, lieber Neffe, man muß doch bedenken, daß diese Leute nichts, aber gar nichts ihr Eigen nennen, als höchstens das Kreuz an ihrem Halse und auch das ist nur von Kupfer. Es fällt ihnen nicht ein, nach fremdem Besitze ein Verlangen zu hegen. Soll man gegen solche Leute nicht sehr wohlwollend sein?«

Ganz abgesehen davon, daß zu jener Zeit noch Niemand an die Frage von der Aufhebung der Leibeigenschaft auch nur im Entferntesten dachte, konnte diese Frage Alexis Sergejewitsch durchaus nicht beunruhigen. Er regierte über sein »Volk« mit großer Ruhe und Nachsicht, aber er verurtheilte die schlechten Gutsbesitzer aufs Nachdrücklichste und nannte sie »Feinde ihrer eigenen Gesellschaftsklasse«. Im Allgemeinen, so behauptete er, kann man die Leibeigenen in drei Gruppen eintheilen: In Vernünftige, von denen es ziemlich wenig giebt; in Liederliche, davon man mehr als genug hat, und drittens in solche, die für nichts Verständniß haben und die nicht wissen, was sie wollen und sollen – und von dieser Sorte giebt es so Viele, daß man damit die Teiche ausfüllen und die Gräben zuschütten kann. Wer aber seine Unterthanen hart und grausam behandelt, der versündigt sich vor Gott und Menschen.

Ja, die Leibeigenen hatten ein treffliches Leben bei Alexis Sergejewitsch, wenigstens soweit sie in unmittelbarer Nähe des Herrenhauses lebten; die in größerer Entfernung Wohnenden hatten es schon nicht mehr so gut, trotz des Rohrstockes, mit welchem der Mikromegas wiederholentlich bedroht wurde.

Das Hofgesinde bestand aus einer fast unzählbar großen Menge von Leuten; die Meisten von ihnen waren alt, gebrechlich, mürrisch, mit gebeugtem Rücken und eingeknickten Knieen. Sie trugen langschößige Nankingkaftans und verbreiteten einen penetranten säuerlichen Geruch um sich. Von den Frauen, die zur Dienerschaft gehörten, vernahm man nichts als das Auftreten der nackten Füße und das Rauschen der faltigen Röcke.

Der erste Kammerdiener hieß Irinarch. Wenn Telegin ihn bei seinem Namen rief, zog er die einzelnen Silben endlos auseinander: I-ri–na–a–arch! Die Andern nannte er einfach: Kleiner! Mein Bürschchen! Oder auch: Du da, der ja auch zu meinem Volke gehört! Glocken und Klingelzüge konnte er nicht leiden.»Man glaubt immer, wenn man so etwas hört, man ist – Gott behüte – in einer Herberge.« Was mich immer äußerst in Erstaunen setzte, war der Umstand, daß, so oft auch Alexis Sergejewitsch seinen Kammerdiener rief, dieser sofort erschien, wie aus der Erde gestampft; die Hacken aneinander, die Hände auf dem Rücken haltend, so stand er vor seinem Herrn und blickte ihn mit mürrischer, fast feindseliger Miene an. Und welch ein eifriger, treuer Diener war er doch!

Telegin war freigebig, fast über seine Kräfte hinaus, aber er hatte es nicht gern, daß man ihn als Wohlthäter pries. «Wieso, mein lieber Herr, bin ich denn ein Wohlthäter? Nicht Ihnen, sondern nur mir selbst habe ich etwas Gutes erwiesen.« Wenn er zornig oder auch nur aufgebracht war, sprach er Alle mit »Sie« an, statt mit dem sonst von ihm gebrauchten vertraulichen »Du«.

»Wenn ein Bettler Dich um ein Almosen angeht,« pflegte er zu sagen, »so gieb ihm einmal, gieb ihm zweimal, gieb ihm auch dreimal. Wenn er dann zum vierten Male kommt, so gieb ihm wieder, sage dabei aber: ›Du könntest auch einmal eine andere Arbeit versuchen, Brüderchen, als bloß um milde Gaben ansprechen.‹«

»Aber wie dann, Onkel, wenn der Bettler nun noch zum fünften Male kommt?«

»Nun, dann gieb ihm eben zum fünften Male.«

Wenn Kranke zu ihm kamen und seine Hilfe in Anspruch nahmen, so ließ er sie auf seine Kosten kuriren, obwohl er in die Kunst der Ärzte kein großes Vertrauen setzte und für sich selbst niemals einen holen ließ.

»Meine selige Mutter,« pflegte er zu erzählen, »heilte alle Krankheiten mit Provencer-Oel, in das sie Salz schüttete; sie gab es sowohl innerlich, als auch zum Einreiben und immer hatte sie den besten Erfolg zu verzeichnen. Man muß aber auch wissen, was meine selige Mutter für eine Frau war! Sie war noch zur Zeit Peter des Ersten geboren – danach mag man urtheilen!«

Telegin war durch und durch ein echter Russe; er liebte nur russische Speisen und russische Lieder. Nur die Harmonika konnte er als begleitendes Instrument nicht leiden; sie war ja eine »Fabrik-Erfindung«. Er sah dem Reigen der jungen Mädchen gern zu, ebenso dem Tanze der Frauen. In seiner Jugend war er, wie man sich erzählte, ein guter Sänger und ein leidenschaftlicher Tänzer. Er nahm gern Dampfbäder, diese mußten aber so heiß sein, daß Irinarch, der ihn beim Baden bediente und ihn dabei mit Birkenruthen strich (bekanntlich lassen sich die Russen mit solchen Ruthen so lange schlagen, bis alle Blätter von den Zweigen heruntergeschlagen sind), ihn ferner mit Bast frottirte und mit Tuchlappen massirte – daß dieser brave Irinarch jedesmal, so oft er roth wie eine neue kupferne Statue aus dem Badezimmer kam, sagte:»Na, dieses Mal bin ich, Irinarch Tolobäjew, der Knecht Gottes, noch mit heiler Haut davon gekommen. Wie wird mir's aber beim nächsten Male ergehen?«

Alexis Sergejewitsch sprach unsere schöne russische Sprache etwas nach Art der Altvorderen, aber geschmackvoll, rein und ohne sie mit Ausdrücken aus fremden Sprachen zu vermischen; hin und wieder streute er Lieblingsworte in seine Rede, z. B. »Auf meine Ehre! Gott soll mir verzeihen! Wie dem auch immer sei« – und ähnliche mehr.

Wir haben nun aber genug von ihm erzählt und wollen nun auch ein Wenig über Telegins Gattin, Melania Pawlowna, plaudern.

Melania Pawlowna war in Moskau geboren und ihre große Schönheit hatte ihr den Beinamen »La Vénus de Muscou« eingebracht. Als ich sie kennen lernte, war sie bereits eine alte, abgemagerte Frau, mit feinen, aber ausdrucklosen Gesichtszügen; ihr Mund war klein und zwei Reihen schiefer Zähnchen, wie Hasenzähne aussehend, füllten ihn. Auf der Stirne trug sie eine Menge kleiner Löckchen und ihre Augenbrauen waren offenbar gefärbt. Auf dem Kopfe trug sie stets eine in Pyramidenform aufsteigende Haube mit rosafarbigen Bändern; im Übrigen bestand ihr Anzug aus fußfreiem, weißem Kleide, pflaumenfarbigen Schuhen mit rothen Absätzen und einem hohen Kragen um den Hals; über dem Kleide trug sie ein Mieder von blauem Atlas, das aber an der rechten Schulter nur lose befestigt war, so daß es fast wie ein Umhang aussah. Das war genau dieselbe Toilette, welche sie am St. Peterstage des Jahres 1789 getragen hatte. An diesem Tage war sie, damals noch unverheirathet, mit einigen Verwandten nach dem Chodinski'schen Felde hinausgegangen, um dem berühmten Faustkampfe beizuwohnen, den der Graf Orlow veranstaltete.

»Und der Graf Alexis Gregorinwitsch –« (du lieber Himmel, wie oft habe ich sie diese Geschichte erzählen hören!) – »der Graf bemerkte mich, näherte sich uns, verneigte sich sehr tief und den Hut in beiden Händen haltend, sagte er zu mir: ›Du wunderbare Schönheit, weshalb lassest Du den Ärmel Deines Mieders so frei um Deine schöne Schulter hängen. Willst Du Dich etwa auch im Faustkampfe mit mir messen? Meinetwegen! Aber das sage ich Dir von vornherein: Wenn Du mich besiegst, ergebe ich mich und bin Dein Gefangener‹. Das hörten Alle, die um uns standen, mit an und wunderten sich sehr.«

Seit jenem Tage trug sie nun unausgesetzt dieselbe Toilette.

»Damals aber hatte ich noch nicht solche Haube auf dem Kopfe. Damals trug ich einen Hut à la bergère de Trianon, und obwohl mein Haar gepudert war, schimmerte es doch wie Gold – wie Gold schimmerte es durch den Puder hindurch.«

Melania Pawlowna war, wie man bei uns zu sagen pflegt, »dumm bis zur Heiligkeit«. Sie schwätzte alles Mögliche und über alles Mögliche, ohne wohl selbst recht zu wissen, was ihr Alles aus dem Munde kam; am meisten aber sprach sie über Orlow. Orlow war und blieb, so kann man wohl sagen, der interessanteste Punkt ihres Lebens.

Gewöhnlich segelte sie ins Zimmer, denn als gehen konnte man diese Art der Bewegung nicht mehr bezeichnen; den Kopf bewegte sie dabei regelmäßig auf und nieder, wie ein Pfau. In der Mitte des Zimmers blieb sie stehen, streckte auf sonderbare Weise einen Fuß vor, faßte mit zwei Fingern den Saum des herabgelassenen Ärmels – (diese Stellung mochte wohl einst Orlow besonders gefallen haben) und blickte im Kreise umher, mit dem nachlässigen Stolze eines Siegers (das war ja bei solcher Schönheit dann selbstverständlich). Manchmal flüsterte sie dann noch: »Aber was soll's denn?« gerade als ob ein cavalier soupirant sie in zudringlicher Weise mit feinen Komplimenten verfolge – dann zuckte sie die Achseln und ging wieder, mit den Absätzen fest auftretend, aus dem Zimmer.

Gleich ihrem Gatten schnupfte auch sie spanischen Taback; sie nahm ihn mit einem goldenen Löffelchen aus einer ganz kleinen Dose und von Zeit zu Zeit, ganz besonders aber wenn ein Fremder zugegen war, hob sie eine Doppellorgnette – nicht etwa zu den Augen, sondern zur Nase, denn sie sah von Natur ganz ausgezeichnet; sie benutzte nur die Gelegenheit, um die kleine weiße Hand mit den zierlich erhobenen Fingerchen recht zu zeigen.

Wie oft hat mir Melania Pawlowna ihre Hochzeit beschrieben, die in der Kirche zur Himmelfahrt gefeiert worden war. Wie schön hatte die Kirche ausgesehen und ganz Moskau war zugegen! War das ein Gedränge! Vierspännige Equipagen, vergoldete Wagen, Läufer – der Läufer des Grafen Semadowsky gerieth sogar unter die Räder einer Karosse!

»Der Bischof selbst traute uns, und wie rührend war die Predigt, die er dabei gehalten! Alle weinten, und wohin ich auch blicken mochte, ich sah überall Thränen, nichts als Thränen. Und die Pferde des General-Gouverneurs waren tigerfarben, und welch eine Menge Blumen hat man bei der Gelegenheit sehen können. Alles war wie mit Blumen übersäet! Ein sehr, sehr reicher Fremder hat sich bei dieser Hochzeit erschossen, aus unerwiderter Liebe. Auch Graf Orlow wohnte der Feier bei. Er näherte sich meinem Mann, beglückwünschte ihn und nannte ihn den Glücklichsten von allen Sterblichen. Jawohl, den Glücklichsten von allen Sterblichen nannte er ihn, Du dummer Junge! Und als Antwort darauf machte mein neuer Gatte seine schönste Verbeugung und wedelte mit seinem Federhute auf dem Fußboden immer von links nach rechts, als wollte er sagen: ›Erlaucht, jetzt ist zwischen Ihnen und meiner Gattin eine Grenzlinie gezogen, die Sie niemals überschreiten dürfen.‹ Und Orlow, Alexis Gregoriewitsch Orlow begriff das auch sofort und lobte meinen Mann dafür. O, welch ein ausgezeichneter Mensch war dieser Graf! Einmal, es war schon nach meiner Verheirathung, waren Alexis und ich von ihm zu einem Balle eingeladen worden; er trug wunderbar schöne Brillantknöpfe. Ich konnte mich nicht enthalten meine Bewunderung darüber zu äußern und zu sagen: ›Welch herrliche Knöpfe haben Sie da, Herr Graf!‹ da ergriff er sofort ein Messer, das auf dem Tische lag, schnitt einen der Knöpfe ab, überreichte ihn mir und sagte: ›Ihre schöne Augen, mein Täubchen, sind hundertmal herrlicher, als die prächtigsten Brillanten. Treten Sie gefälligst einmal vor den Spiegel und vergleichen Sie!‹ Das that ich auch, und er stellte sich neben mich und sagte: ›Nun, wer hat Recht?‹ Und dabei konnte er seine Blicke gar nicht von mir abwenden. Mein Mann, Alexis Sergejewitsch, wurde dabei sehr verwirrt; ich bemerkte das aber und sagte zu ihm: ›Alexis, ich bitte Dich, beunruhige Dich nicht; Du solltest mich doch besser kennen.‹ Und er antwortete: ›Sei Du nur ruhig, Melania. Diese selben Brillanten trage ich jetzt im Medaillon um das Bild von Alexis Gregoriewitsch. Du wirst es wohl schon gesehen haben, mein Junge; ich trage es bei Festtagen am Georgsbande an der Schulter. Denn er war ein tapferer Held, ein echter und rechter St. Georgs-Ritter; er hat die türkische Flotte verbrannt.«[1]

Trotz dieser kleinen Schwächen war aber Melania Pawlowna ein ausgezeichnetes Geschöpf; sie war ungemein leicht zufrieden zu stellen. »Sie macht Niemandem das Leben schwer, wie dies wohl andre Frauen thun,« sagten die Kammermädchen von ihr.

Eine wahre Leidenschaft entwickelte Melania Pawlowna für alle süßen Speisen, und eine alte Frau, die ausschließlich zum Einmachen der Früchte angestellt war und die man deshalb die Zuckerfrüchtefrau nannte, brachte ihr wohl zehnmal im Laufe des Tages einen kleinen chinesischen Teller, auf dem bald in Zucker eingekochte Rosenblätter, bald Berberitz in Honig, bald auch Ananas-Sorbet sich befand.

Die alte Dame fürchtete das Alleinsein, wegen der schrecklichen Gedanken, die sich ihr dann nur zu bald einstellten, und so befand sie sich denn fast fortwährend in einem Kreise von Leuten, die bei ihr das Gnadenbrod aßen, und die sie unausgesetzt bat: »Aber so sprecht doch nur! Erzählt mir doch irgend etwas! Seid ihr denn bloß dazu gut, um dazusitzen und die Stühle zu wärmen?« Und dann fingen die Leute an zu plaudern und zu reden, daß es sich anhörte, als wenn Kanarienvögel zwitscherten.

Da sie ebenso fromm wie ihr Gatte war, hatte sie auch eine große Neigung zum Beten. Weil sie nun aber, wie sie selbst eingestand, nicht gelernt hatte die Gebete geläufig zu lesen, unterhielt sie eigens zu diesem Zwecke eine arme Frau, die Wittwe eines Diakonus, die, wie sie sagte, »gar so appetitlich zu beten verstand. Niemals blieb sie stecken.« Und das muß man sagen, diese Diakonswittwe konnte wirklich mit unvergleichlicher Fertigkeit beten; unaufhaltsam floß ihr der Strom der Worte von den Lippen, und sie machte nicht einmal eine Pause, um Athem zu holen. Melania Pawlowna saß dabei, hörte zu und erbaute sich daran.

---

[1] In der Seeschlacht bei Tschesme wure die türkische Flotte durch die unter des Grafen Orlow Befehl stehende russische verbrannt.

Noch eine andere arme Wittwe war zu ihren Privatdiensten ange-stellt, und zwar mußte sie der Frau des Hauses in der Nacht Mär-chen erzählen. »Aber nur alte Märchen,« sagte Melania Pawlowna; »ich will nur solche hören, die ich schon von früher kenne, denn die neuen sind doch alle nur ausgedacht.«

So unbesonnen die alte Dame im Grunde war, so hatte sie doch auch wieder ihre Vorurtheile und Bedenken; die seltsamsten Lau-nen und Ideen tauchten zuweilen in ihrem Kopfe auf. So konnte sie zum Beispiel den Zwerg Janus nicht leiden, denn sie hatte den Glauben, es könnte ihm eines schönen Tages einfallen, plötzlich laut zu rufen: Wißt ihr, wer ich bin? Ich bin ein Fürst aus der Steppe und ihr Alle müßt mir unterthan sein! Zuweilen fürchtete sie auch, der Zwerg könnte in einem Anfall von Trübsinn ihr das Haus über dem Kopf anzünden.

Melania Pawlowna war ebenso freigebig, wie ihr Gatte, aber sie gab niemals Geld; sie fürchtete, sich dabei die Händchen zu be-schmutzen. Sie reichte den Bedürftigen Tücher, Ohrringe, Kleider und Bänder, oder sie schickte vom Tische ein Stück Mehlspeise, ein Stück Braten und ein Glas Wein. An Festtagen liebte sie es, die Bau-erfrauen zu bewirthen; nach dem Essen bat sie die Leute zu tanzen, und sie selbst stellte sich dann hin und stampfte im Takt mit den Absätzen der Schuhe.

Alexis Sergejewitsch wußte sehr wohl, daß seine Frau geistig sehr beschränkt war, aber von Beginn seiner Ehe an that er, als glaube er seine Gattin habe eine sehr scharfe Zunge und ließe sich gern in moquanten und spöttischen Redensarten gehen. Sobald sie gar zu sehr schwatzte, drohte er ihr mit dem Finger und sagte: »O, dieses Züngelchen! Diese kleine Lästerzunge! Wieviel wird sie in jener Welt abzubüßen haben! Man wird sie dort mit einer glühenden Nadel durchstoßen.« Durch diese Worte fühlte sich Melania Pawlowna aber nicht im Geringsten gekränkt; es machte ihr im Gegentheil eine heimlische Freude, so etwas zu hören und sie schien dabei zu denken: Kann ich dafür, daß ich nun einmal von Hause aus so geistreich bin?

Sie betete ihren Mann an und während ihres ganzen Lebens blieb sie das Musterbild einer treuen Gattin, obwohl auch sie einen »Ge-genstand« gehabt hatte. Es war dies ein junger Neffe von ihr gewesen, ein Husar, der, wie sie sich einbildete, ihretwegen in einem Duell gefallen war, glaubwürdigeren Nachrichten zufolge aber in einer Kneipe einen Schlag mit einem Knotenstock erhalten hatte und an den Folgen dieses Angriffes gestorben war. In einer geheimen Schublade ihres Arbeitstisches verbarg sie das in Aquarellmanier ausgeführte Portrait dieses »Gegenstandes«, und sie erröthete jedesmal bis zu den Ohren, so oft sie den Namen »Kapiton«, so hatte der Husar nämlich geheißen, aussprach. Telegin nahm dann eine ärgerliche Miene an, drohte wieder mit dem kleinen Finger und sagte:»Dem Pferd auf freier Wiese und der Frau im Hause darf man nicht trauen. O, wenn ich nur von diesem Kapiton hören muß, befällt mich ein Zorn –« Dann bebte Melania Pawlowna am ganzen Körper und rief:»Aber Alexis, das ist sündhaft von Dir! Hast Du denn gar kein Schamgefühl? Als Du noch jung warst, hast Du sicherlich auch mit manchen Damen scharmuzirt – ich bin davon überzeugt –«

»Nun, schon gut, schon gut, Melaniuschka,« unterbrach sie dann lächelnd ihr Gatte.»Dein Kleid ist weiß. Deine Seele aber ist noch weißer.«

»Noch weißer, Alexis! Ganz gewiß, noch weißer!«

»O, dieses Züngelchen! Auf mein Ehrenwort dieses Züngelchen!« rief dann Alexis wieder und drückte ihr dabei zärtlich die Hand.

Telegin starb im Alter von achtundachtzig Jahren und zwar im Jahre 1848, dessen Ereignisse wohl auch ihn mächtig erregt hatten. Sein Tod war von seltsamen Nebenumständen begleitet. Am Morgen fühlte er sich noch recht wohl und behaglich, obwohl er schon seit einiger Zeit seinen Sessel überhaupt nicht mehr verlassen hatte. Plötzlich rief er seine Frau.

»Meine liebe Melaniuschka, komm' doch einmal her!«

»Was giebt's denn, Alexis?«

»Meine Todesstunde ist gekommen, mein Täubchen! Das giebt es!«

»Gott sei Dir gnädig, Alexis Sergejewitsch, wie kommst Du darauf?«

»Wie? Vor allen Dingen darf man in keiner Beziehung unbescheiden sein. Und dann: Seit dem frühesten Morgen betrachte ich nun schon meine Füße, aber diese Füße sind mir völlig fremd, ich kenne sie gar nicht; auch diese Hände, diese Brust, sie gehören nicht mir. Das kann doch nichts Anderes heißen, als daß ich einem Andern seinen Platz streitig mache. Schicke doch zum Popen, mein Herz, bringe mich in mein Bett, von dem ich mich wohl nicht wieder erheben werde.«

»Obgleich Melania Pawlowna in große Bestürzung gerieth, brachte sie den Greis doch zu Bett und ließ dann den Popen holen.

Telegin beichtete, nahm das Abendmahl, verabschiedete sich von seinen Hausgenossen und schlummerte dann ein. Melania Pawlowna hatte neben seinem Lager Platz genommen.

»Alexis!« schrie sie plötzlich. »Schließe die Augen nicht! Jage mir nicht solchen Schrecken ein! Empfindest Du denn Schmerzen?«

Der Greis richtete den Blick auf seine Gattin.

»Nein – ich – ich habe keine Schmerzen, nur – das – Athmen wird mir – schwer.«

Nachdem er dann einige Zeit geschwiegen hatte, fuhr er fort:

»Siehst Du, Melania, nun ist das Ende des Lebens herangekommen. Erinnerst Du Dich noch, mein Herz, als wir Hochzeit machten? Welch ein stattliches Paar waren wir doch!«

»Ja – gewiß – Alexis, Du mein liebster Schatz!«

Wieder machte der Greis eine Pause.

»Melaniuschka, wir wollen uns in jener Welt wiederfinden, nicht wahr?«

»Ich werde zu Gott darum bitten, mein lieber Alexis!« erwiderte die alte Frau und die Thränen liefen ihr dabei über die Wangen. »Weine doch nicht! Sei nicht so thöricht. Ich bin überzeugt, der liebe Gott macht uns dort oben wieder jung, und wir werden uns wieder zu einem Paar vereinigen.«

»Gewiß, Alexis, er wird uns wieder jung machen.«

»Dem lieben Gott ist Alles möglich,« nahm Telegin wieder das Wort. »Er kann Wunder thun – vielleicht macht er Dich dann sogar vernünftig. Nun, nun, mein liebes Herz, ich scherzte ja nur; gieb mir Dein Händchen, damit ich es küsse.«

»Und Du gieb mir Deine Hand!«

Und die beiden Alten küßten einander die Hände.

Nach und nach wurde Telegin ruhiger und endlich entschlummerte er wieder. Melania Pawlowna blickte ihn mit innigster Zärtlichkeit an und wischte mit den Fingerspitzen die Thränen ab, die sich unter den Wimpern hervorstahlen. So vergingen zwei Stunden.

»Schläft er?« fragte eine flüsternde Stimme.

Es war die alte Frau, die so gut zu beten verstand. Sie hielt sich hinter Irinarch, der unbeweglich wie eine Statue auf der Thürschwelle stand und die Augen unverwandt auf seinen verscheidenden Herrn gerichtet hielt.

»Er schläft,« antwortete Melania Pawlowna ebenfalls im Flüsterton. Plötzlich aber schlug Alexis Sergejewitsch die Augen auf.

»Meine treue Lebensgefährtin,« stammelte er mehr, als daß er sprach, »mein liebes Weib, auf den Knieen möchte ich Dir danken, für all die Liebe und Herzlichkeit, die Du mir erwiesen hast. Aber wie könnte ich mich erheben? So komm her zu mir, daß ich Dich segne.«

Die Greisin näherte sich und beugte sich zu ihm herab, aber die Hand, welche er eben zum Segen erhoben hatte, fiel kraftlos auf die Decke herab. Alexis Sergejewitsch hatte zu leben aufgehört.

Die beiden Töchter langten mit ihren Gatten im Elternhause noch zeitig genug an, um dem Begräbniß des Vaters beiwohnen zu können. Weder die Eine, noch die Andere von ihnen hatte Kinder. In seinem Testament hatte Telegin der Töchter gedacht, obwohl er auf seinem Sterbebette ihrer mit keinem Worte Erwähnung gethan hatte. »Mein Herz ist ihnen verschlossen,« hatte er mir einst gesagt, und da ich seine Herzensgüte kannte, so war ich über diese Worte natürlich sehr erstaunt. Aber es ist schwer, über ein zwischen Eltern und Kindern bestehendes Verhältniß zu urtheilen. »Eine große Schlucht fängt mit einem kleinen Spalte an,« hatte eines Tages Alexis Sergejewitsch gesagt, als das Gespräch auch wieder auf seine Töchter gekommen war. »Eine Wunde heilt wieder zu und wenn sie noch so groß war; aber hackst Du Dir ein Nagelglied vom Finger ab, es wächst niemals wieder.

Ich hatte den Eindruck, als ob sich die Töchter ihrer Eltern, die ja allerdings etwas altmodisch und sonderlich waren, schämten.

Einen Monat später war auch Melania Pawlowna aus der Reihe der Lebenden geschieden. Seit dem Todestage ihres Gatten ging sie wie ihrer Sinne kaum noch mächtig herum; sie erhob sich mechanisch, sie kleidete sich mechanisch an, legte aber niemals ein Schmuckstück an. Bevor man sie jedoch in den Sarg legte, hüllte man sie in ihr blaues Kleid und auch das Medaillon mit Orlows Portrait gab man ihr mit ins Grab, jedoch ohne die Brillanten. Diese nahmen die beiden Töchter, und zwar unter dem Vorwande, mit ihnen das Bild der Verewigten zu schmücken. In Wirklichkeit aber schmückten sie ihre eigenen werthen Personen damit.

Die beiden liebenswürdigen Alten stehen in der Erinnerung noch so deutlich vor mir, als sähe ich sie lebendig, und für alle Zeiten werde ich ihnen die liebevollste Erinnerung bewahren.

Iwan Suchich.

Der Eindruck patriarchalischen Stilllebens, welchen das Telegin-sche Haus in jeder Beziehung machte, wurde einmal recht gründ-lich gestört. Das Ereigniß trug sich zu, als ich, damals schon Stu-dent, zum letzten Male auf Besuch in dem Hause weilte.

Zur Zahl des Hofgesindes gehörte ein gewisser Iwan mit dem Beinamen Suchich, der Kutscher. Der Mann war sehr klein, sehr lebhaft, hatte eine Stutznase, Lockenhaar, freundliche Augen und ein stets vergnügtes, fast kindlich dreinschauendes Gesicht, obschon er sich bereits in vorgerückten Jahren befand. Er war ein großer Possenreißer, zu allen Schelmenstreichen aufgelegt, verstand sich auf alle möglichen Kunststücke, veranstaltete Feuerwerke, ließ Drachen steigen, spielte alle nur denkbaren Spiele, konnte auf ei-nem galoppirenden Pferde stehen, schwang sich beim Schaukeln höher als alle Andern und konnte sogar Schattenspiele arrangiren. Niemand verstand es besser als er, die Kinder zu unterhalten, und er wurde nicht müde, sich mit ihnen stunden- ja tagelang abzuge-ben. Wenn man ihn nur lachen hörte, gerieth das ganze Haus sofort in einen gelinden Aufruhr; von allen Seiten hallte es lachend zu-rück. Mit besonderer Tüchtigkeit führte Iwan russische Volkstänze auf, und den Tanz vom »Fischchen« machte ihm Keiner nach. So-bald der Chor ein Tanzlied zu singen begann, stellte sich unser Bur-sche in die Mitte des Kreises, und nun begann ein Drehen, Wenden, Springen, Stampfen, plötzlich warf er sich auf den Boden und ahm-te die Bewegungen eines Fisches nach, den man aus dem Wasser genommen und aufs trockene Land geworfen hat. Er krümmte sich, daß die Absätze fast den Nacken berührten; dann sprang er plötz-lich wieder auf die Füße, und man meinte, die Erde erbebe unter ihm.

Telegin war, wie ich schon oben erzählt habe, ein großer Freund aller Tanzbelustigungen. So rief er denn auch häufig, wenn ihn gerade die Laune anwandelte: »Heda! Iwan! Kutscherchen, komm' 'mal hierher. »Tanze uns das ›Fischchen‹ vor! Lustig! vorwärts!«

Und schon in der nächsten Minute flüsterte er entzückt: »Du mein Himmel, ist das lustig! der Iwan ist doch wirklich ein Tau-sendsappermenter!«

Während meines letzten Aufenthaltes in Suchodol trat also dieser Iwan in mein Zimmer und warf sich, ohne ein Wort zu sagen, vor mir auf die Kniee.

»Was giebt's denn, Iwan?«

»Retten Sie mich, Herr!«

»Ja, was ist denn geschehen?«

Nun theilte mir Iwan mit, von welchem Unglück er betroffen worden war. Vor etwa zwanzig Jahren war er von seinen eigentlichen Besitzern, dem Gutsbesitzern Suchich, gegen einen Teleginschen Leibeigenen ausgetauscht worden. Das war so ganz obenhin geschehen, auf Treu und Glauben, und ohne daß Formalitäten erfüllt oder Papiere ausgetauscht worden wären. Jener Bauer, der für ihn hingegeben war, starb, die Familie Suchich vergaß Iwan vollständig, er blieb im Hause Alexis Sergejewitschs und nur sein Rufname Suchich erinnerte daran, daß er eigentlich aus einem andern Besitzthum stamme. Dieses Besitzthum nun gerieth, als die bisherigen Herren starben, in andere Hände, und der neue Besitzer, von dem man allgemein erzählte, daß er ein sehr grausamer und gewaltthätiger Mensch sei, hatte kaum in Erfahrung gebracht, daß sich einer seiner Leibeigenen ohne ersichtlichen Grund bei Telegin aufhalte, als er auch schon die Rückgabe verlangte, für den Fall der Verweigerung drohte er mit Strafe und Prozessen. Die Drohung war um so mehr zu fürchten, als Jener selbst Geheimrath war und sich eines großen Einflusses bei den Verwaltungsbehörden des Gouvernements erfreute.

Auf den Tod erschrocken, eilte Iwan zu Telegin. Diesem that das Schicksal seines Tänzers leid und er machte dem Geheimrath den Vorschlag, ihm den Leibeigenen für eine bedeutende Summe zu verkaufen. Davon aber wollte der Geheimrath nichts wissen; er war ein Kleinrusse und diese sind bekanntlich eigensinnig wie der Teufel. Es blieb also nichts übrig, als den armen Kerl auszuliefern.

»Ich habe mich hier eingewöhnt; hier bin ich heimisch geworden, hier habe ich gedient, hier habe ich mein Brod gegessen und hier will ich auch sterben,« sagte Iwan zu mir.

Das auf seinem Gesicht sonst beständige Lächeln war vollständig verschwunden. Vor Angst und Schreck schienen die Züge des

Mannes zu Stein erstarrt zu sein. »Jetzt soll ich nun zu einem solchen schlimmen Menschen, zu solchem Missethäter gehen! Bin ich denn ein Hund, dem man einfach eine Schlinge um den Hals wirft und ihn dann aus einer Hundehütte in die andere zieht? Ja, so hat es nun kommen müssen. Helfen Sie mir doch, Herr! bitten Sie bei Ihrem lieben Onkel für mich. Erinnern Sie sich doch nur, wie gut ich Sie immer unterhalten habe. Wenn mir nicht geholfen wird, wenn ich von hier fort muß, so geschieht ein Unglück!«

»Was für ein Unglück, Iwan?«

»Nun, ich werde meinen neuen Herrn todtschlagen. Ich werde zu ihm gehen und werde ihm sagen: »Herr, lassen Sie mich nach Suchodol zu Herrn Telegin zurückkehren. Wenn nicht, so rathe ich Ihnen: Nehmen Sie sich vor mir in Acht. Ich werde Sie todtschlagen.«

Wenn ein Zeisig oder Finke plötzlich die Redegabe erhielte und mich nun aufs Ernsthafteste versicherte, daß er auf einen andern Vogel so lange mit dem Schnabel einhacken würde, bis jener todt sei, ich würde nicht in größeres Erstaunen versetzt werden können, als es jetzt geschehen war. Wie? Iwan Suchich, der Tänzer, der Possenreißer, der lustige Bursche, der Freund der Kinder, selbst ein Kind, dieses harmlose, gutmüthige Geschöpf sollte zum Mörder werden können? Welch eine dumme Idee! Ich nahm das Gerede auch nicht einen Augenblick lang für Ernst. Ich war schon sehr erstaunt und fand es als etwas ganz Besonderes, daß er ein solches Wort überhaupt hatte aussprechen können.

Jedenfalls hielt ich es für Pflicht der Menschlichkeit, zu meinem Onkel zu gehen. Ich erzählte ihm nicht Alles, was Iwan in seiner Angst und Noth zu mir gesagt hatte, bat ihn aber, doch kein Mittel unversucht zu lassen, um die Sache auf irgend eine Weise in Güte beizulegen.

»Mein lieber Junge,« erwiderte mir Alexis Sergejewitsch, »ich will ja von Herzen gern Alles thun, was in meinen Kräften steht. Ich habe diesem eigensinnigen Menschen, diesem echten Kleinrussen, schon eine bedeutende Summe geboten – dreihundert Rubel, auf mein Ehrenwort! dreihundert Rubel bot ich ihm schon. Aber er will ja von einem Loskaufen nichts wissen. Er sagt, in früheren Zeiten habe man wohl so gegen Gesetz und Recht verfahren können, aber jetzt sei das anders und er bestehe auf seinem Recht. Ich muß ja befürchten, daß dieser niederträchtige Mensch mir den Iwan, wenn ich ihn nicht gutwillig ausliefere, mit Gewalt nimmt. Er hat eine starke und mächtige Hand; bedenke doch nur: der Gouverneur speist sehr häufig bei ihm. Er ist im Stande, mir Soldaten auf den Hals zu schicken, blos um den Burschen herauszubekommen. Und das muß ich doch sagen: Vor Soldaten habe ich jetzt einen großen Respekt. Ja, früher, als ich noch jung war, da hätte ich den Iwan nicht herausgegeben; ich hätte ihn vertheidigt gegen alle Angriffe und Maßregeln. Aber jetzt – sieh mich doch nur an, und Du mußt zugeben, daß ich zu schwach und hinfällig zum Widerstand bin. Ich würde einen schönen Kämpfer abgeben!«

Wirklich war Alexis Sergejewitsch außerordentlich gealtert, seitdem ich ihn zum letzten Male gesehen. Sogar die Pupillen seiner Augen hatten jenes milchfarbige Aussehen bekommen, wie man es bei ganz kleinen Kindern findet, und das selbstbewußte Lächeln, das sonst um seine Lippen spielte, hatte jenem gezwungensüßlichen Lächeln Platz gemacht, das man bei ganz alten Leuten so häufig findet und dann von diesen nicht einmal während des Schlafes weicht.

Ich machte Iwan von dem Entscheide Telegins Mittheilung. Der arme Bursche stand eine ganze Zeit lang unbeweglich, schweigend, nur hin und wieder mit dem Kopfe schüttelnd.

»Also gut,« sagte er endlich; »seinem Schicksal kann Niemand entgehen. Aber es bleibt bei dem, was ich einmal gesagt habe. Jetzt will ich mich aber bis zum Ende auch recht lustig machen. Herr – bitte, schenken Sie mir eine Kleinigkeit zum Trinken.«

Ich gab ihm Geld; er trank sich einen tüchtigen Rausch an und an demselben Tage tanzte er das »Fischchen« mit solchem ungewöhnlichen Aufwande von Kraft und Geschicklichkeit, daß die jungen Mädchen und die Frauen aus dem Dorfe vor Entzücken einmal über das Andere laut aufschrieen.

Am nächsten Tage verließ ich das Gut meines Onkels. Drei Monate später – ich hielt mich schon in Petersburg auf – erfuhr ich, daß Iwan sein Wort gehalten, seine Drohung wahr gemacht habe. Man hatte ihn zu seinem neuen Herrn geschickt; dieser ließ ihn in sein Kabinet kommen und theilte ihm mit, daß er ihn als Kutscher verwenden werde, daß man ihm ein Dreigespann mit Wiatka'schen Pferden anvertrauen und daß er unnachsichtig und aufs Strengste bestraft werden würde, wenn er nicht Pferde und Wagen in bester Ordnung halte oder sich auch sonst irgendwie die geringste Nachlässigkeit zu Schulden kommen lasse.

»Dabei bleibt es, und ich sage so etwas nicht zum Scherz,« schloß er seine Erklärung. Nachdem Iwan seinem Herrn aufmerksam und respektvoll bis zu Ende angehört hatte, verbeugte er sich zuerst tief und erklärte dann sehr freimüthig, daß Alles so gehen möge, wie es Seiner Gnaden beliebe, daß er aber niemals der Diener Seiner Gnaden werden könne.

»Lassen Sie mich meinetwegen Bauer werden und das Land bestellen; ich will Ihnen einen tüchtigen Jahreszins zählen. Lassen mich Euer Gnaden auch lieber Soldat werden! Thun Sie es nicht, so könnte leicht ein Unglück geschehen!«

Den Gutsherr gerieth in Zorn.

»Kerl, was fällt Dir ein? Du unterstehst Dich, mir solche Dinge zu sagen? Erstens mußt Du wissen, daß man mich mit ›Excellenz‹ anredet und nicht bloß mit ›Euer Gnaden‹; zweitens bist Du schon zu alt, um noch als Soldat verwendet werden zu können, Du hast auch gar nicht die Figur dazu, und schließlich – was ist das für ein Unglück, mit dem Du zu drohen wagst. Hast Du Dir etwa vorgenommen, mir das Haus über dem Kopfe anzustecken?«

»Nein, Excellenz, an Brandstiften habe ich nicht gedacht.«

»Du willst mich also ermorden?«

Iwan schwieg einen Augenblick.

»Ich bin nun einmal kein Diener für Sie,« sagte er dann.

»Nun, ich will es Dich schon lehren! Du sollst schon erfahren, ob Du mir dienen kannst, oder nicht,« brüllte der Herr.

Er ließ Iwan streng bestrafen und befahl dann, daß ihm das Wiatka'sche Dreigespann übergeben und er als Kutscher angestellt werde.

Iwan schien sich dem Befehle zu fügen und that seinen Kutscherdienst. Da er in diesem Fache wirklich Meister war, so gefiel er seinem neuen Herrn immer mehr, und dies auch deswegen, weil er in seinem Benehmen still und bescheiden war und die Pferde bei seiner Art der Behandlung sichtlich gediehen. Die Gäule wurden mit der Zeit rund wie »Gurken« und es war ein Vergnügen sie zu betrachten.

Der Gutsherr zog ihn schließlich allen andern Kutschern vor und fuhr am liebsten mit ihm.

Einmal sagte er zu ihm: »Denkst Du noch an unsere erste Unterredung, Iwan? Damals schien es kaum, daß wir so gut zu einander passen. Nun, ich hoffe doch, daß Dir die tollen Ideen aus dem Kopfe gegangen sind.«

Iwan hatte kein Wort der Erwiderung.

Einmal, es war um den Tag der heiligen drei Könige, fuhr der Herr wieder mit Iwan in die Stadt; der Schlitten war mit Teppichen ausgelegt und hell klingende Schellen schmückten die drei Pferde. Als man sich einem Hügel näherte und die Fahrt allmälig bergan ging, trabten die Gäule nicht mehr, sondern schritten nur langsam vorwärts. Iwan sprang von seinem Kutschersitz ab und ging hinter dem Schlitten her, als suche er etwas, das er bei der Fahrt verloren.

Es herrschte eine grimmige Kälte. Der Herr saß in Pelze gehüllt und hatte eine Bibermütze bis fast auf die Augen herabgezogen. Da zog Iwan ein Beil hervor, welches er bisher unter seinem Rocke verborgen gehalten hatte, näherte sich seinem Herrn von hinten, schlug ihm die Pelzmütze vom Kopfe und sagte: »Peter Petrovitsch! Ich habe Dich gewarnt, als es noch Zeit war; jetzt hast Du keinem Andern die Schuld zuzuschreiben, als Dir selbst!«

Dann ließ er das Beil auf seinen Herrn niederfallen und spaltete ihm mit einem einzigen Schlage den Schädel. Darauf hielt er die Pferde an, setzte seinem nunmehr todten Herrn wieder die Mütze auf, und nachdem er seinen Platz auf dem Kutscherbock wieder eingenommen hätte, fuhr er weiter nach der Stadt und zwar geraden Weges zum Gericht. »Hier,« sagte er zu den Beamten, »bringe ich Euch den General Suchich, meinen Herrn, den ich erschlagen habe. Ich habe es ihm vorher angekündigt und habe nun mein Versprechen eingelöst. Jetzt bindet mir meinetwegen die Hände.«

Iwan wurde festgenommen; er kam vor die Richter und wurde zur Knute sowie zur Zwangsarbeit verurtheilt. Der einst so lustige Tänzer, der gemüthliche Spaßvogel mußte in die Bergwerke hinabsteigen – und da ist er verschollen und für alle Zeiten verschwunden.

Ja, bei solchen Erinnerungen muß man unwillkürlich Alexis Sergejewitsch Telegins Ausspruch wiederholen: Die alten Zeiten waren doch schön. Nur daß wir es in einem andern Sinne sagen.

Der Verzweifelte.

I.

Wir saßen unserer acht im Zimmer; das Gespräch drehte sich um die jüngsten Tagesereignisse und um die Menschen, die mit ihnen verbunden waren.

»Ich verstehe diese Leute und ihren Charakter gar nicht mehr,« sagte Einer der Anwesenden; »sie handeln so wild, so unberechenbar – sie benehmen sich gerade wie Verzweifelte. Ich glaube, so lange die Welt steht, ist etwas Aehnliches nicht erhört gewesen.«

»O, es ist doch schon dagewesen,« warf P. ein, ein alter Mann, dessen Haare schon silbergrau glänzten – er war in den zwanziger Jahren dieses Jahrhunderts geboren. »Es gab auch in früheren Zeiten verzweiflungsvolle Menschen, nur glichen sie denjenigen nicht, welche wir heute als Verzweifelte ansehen. Gelegentlich eines Gespräches über den Dichter Jasykow bemerkte einmal Jemand, daß seine Begeisterung eine ganz eigenthümliche war – sie hatte nämlich nichts Bestimmtes zum Objekt; gerade so könnte man auch von den Leuten, welche ich bei meiner Bemerkung im Sinne habe, sagen, daß ihre Verzweiflung eine gegenstandslose gewesen sei. Wenn es Ihnen recht ist, will ich Ihnen die Geschichte meines Großneffen Mischa Poltew erzählen. Sie mag Ihnen als Probe dafür dienen, welcher Art die damaligen Verzweifelten waren.

Er kam, wenn ich mich recht erinnere, im Jahre 1828 zur Welt, und zwar wurde er auf dem Erbgute seines Vaters geboren im fernsten Winkel eines von jedem Verkehr abgelegenen Steppen-Gouvernements. An Mischa's Vater, Andrej Nikolajewitsch Poltew, kann ich mich noch recht gut erinnern – er war ein richtiger Steppenjunker, ein Gutsbesitzer vom alten Schlage, brav und fromm, ziemlich unterrichtet – wenigstens im Verhältniß für die damalige Zeit – im Großen und Ganzen aber, um es gerade heraus zu sagen, waren seine Geistesgaben nicht eben die bedeutendsten. Nebenbei bemerkt, er litt etwas an Epilepsie. Es ist ja eine alte Geschichte, daß in vielen unserer Adelsgeschlechter diese Krankheit erb-* lich ist – man kann auch von ihr sagen, daß sie von altem Schlage sei. Die Anfälle, denen Andrej Nikolajewitsch unterworfen war, waren übrigens nicht heftiger Art; sie endeten gewöhnlich mit furchtbarer Abspannung, der ein tiefer Schlaf folgte. Andrej's Wesen war liebenswürdig und freundlich; man konnte ihm auch eine gewisse Würde nicht absprechen. So, wie ich ihn kannte, habe ich mir immer den Czar Michael Feodorowitsch[2] vorgestellt.

Andrej Nikolajewitsch's ganzes Dasein wurde ausgefüllt durch die strenge Beobachtung und Innehaltung aller von Alters her bestehenden Sitten und Gebräuche, den Sitten und Gebräuchen des strenggläubigen »alten heiligen Rußlands«. Wenn er aufstand und sich niederlegte, wenn er speiste und trank, ins Bad ging, sich belustigte oder sich ärgerte (das Eine geschah übrigens so selten wie das Andere), wenn er die Pfeife rauchte und Karten spielte (zwei große Neuerungen!), so handelte er nicht etwa nach persönlicher Laune oder nach eigenem Gutdünken, sondern nur mit geziemender Strenge so, wie seine Vorfahren zu handeln vorgeschrieben hatten.

Er war von hoher Figur und ziemlich wohlbeleibt, hatte eine sanft und etwas heiser klingende Stimme, wie man sie bei fast allen frommen Russen hört. In Wäsche und Kleidung war er peinlichst auf Sauberkeit bedacht; er trug gewöhnlich eine weiße Halsbinde, einen tabacksfarbigen Ueberrock mit langen Schößen. Aber seine adlige Abstammung kam doch, trotz dieser unscheinbaren Hülle, bei ihm immer zum Vorschein; Niemand würde ihn für einen Priestersohn oder für einen Kaufmann gehalten haben. Immer, aber wirklich in allen Lebenslagen und unter allen nur erdenklichen Umständen wußte Andrej Nikolajewitsch aufs Genaueste, was er zu thun hatte, wie er sprechen mußte und in welcher Weise er sich am besten ausdrücken sollte; bei Unfällen konnte er Medizinen und sonstige Heilmittel verschreiben und ihre Anwendung näher bestimmen; er verstand sich auf die Deutung von äußeren Anzeichen, er wußte, welche Glück oder Unglück im Gefolge haben und welchen keine Aufmerksamkeit weiter zu schenken ist – mit einem Worte: er wußte, was in jedem einzelnen Fall zu thun war. ›Unsere Altvordern‹, pflegte er zu sagen, »haben schon Alles vorausgesehen und bestimmt und wir haben nur nöthig, uns an sie als an unsere Führer zu halten. Die Hauptsache allerdings ist, daß wir stets auf

---

[2] Michael Feodorowitsch Romanow begründete im Jahre 1613 die jetzt in Rußland herrschende Dynastie.

Gott vertrauen und daß wir nichts ohne festen Glauben an seine Hülfe unternehmen.«

Dir Wahrheit zu sagen: in seinem Hause herrschte eine gradezu tödtliche Langeweile; in diesen niedrigen Zimmern, in denen es so schwül und dunkel war, herrschte immer ein Geruch nach Weihrauch und Fastenspeisen und aus allen Winkeln schienen die Litaneien und die Gesänge der Abendandachten widerzuhallen.

Er verheirathete sich, als er schon ziemlich bei Jahren war, mit einem armen, aus der Nachbarschaft stammenden Fräulein, das in einem Institute erzogen war; es war eine kränkliche und nervöse Person. Sie spielte ziemlich gut Klavier unk sprach französisch mit jenem Accent, der in den Instituten den Schülerinnen gewöhnlich anerzogen wird. Im Uebrigen war sie ein Wenig exaltirt und gab sich gern einem unbegründeten Trübsinn hin, in welcher Stimmung sie leicht bittere Thränen vergoß. Kurz, ihr Charakter hatte etwas Unstätes, Ruheloses. Da sie ihr Leben für verfehlt hielt, konnte sie auch ihren Gatten nicht lieben, der ihr natürlicher Weise »kein Verständniß entgegenbrachte«; aber sie achtete ihn und ertrug ihn, wie er nun einmal war. Da sie sehr ehrenhaft war und ein überaus kühles Temperament hatte, richteten sich ihre Gedanken auch nicht etwa auf einen andern »Gegenstand«. Dazu kam auch noch, daß sie den Kopf beständig voll von Sorgen hatte, zunächst über ihre eigene, wirklich sehr schwache Gesundheit; zweitens über die ihres Gatten, dessen Anfälle ihr immer etwas wie abergläubische Furcht einflößten. Schließlich war sie auch um ihren einzigen Sohn Mischa sehr besorgt, den sie mit großem Eifer selbst erzog. Andrej Nikolajewitsch legte seiner Gattin kein Hinderniß in den Weg, sich mit Mischa nach Gutdünken zu beschäftigen – nur eine Bedingung hatte er gestellt: Unter keinen Umständen sollten jene Grenzen überschritten werden, die nun einmal von Alters her bestimmt waren, und innerhalb welcher sich Alles in seinem Hause zu bewegen hatte.

Um ein Beispiel anzuführen: In der Weihnachtswoche und am Neujahrstage war es Mischa erlaubt, mit den andern Kindern im Orte sich zu verkleiden und allerhand Scherz zu treiben; ja es war ihm dies nicht nur erlaubt, sondern es wurde ihm geradezu zur Pflicht gemacht. Wenn er sich dasselbe aber auch zu einer andern

Zeit hätte einfallen lassen, so wäre es ihm sicherlich schlimm ergangen.

II.

Ich kann mich Mischa's noch erinnern, als er dreizehn Jahre alt war. Damals war er ein hübscher Junge mit rosigen Wangen und weichen Lippen – wie er denn überhaupt weich und voll in seiner körperlichen Anlage war – und feucht schimmernden Augen, sorgfältig gekämmt und gekleidet, bescheiden und freundlich, fast wie ein Mädchen. Nur eines mißfiel mir an ihm: Er lachte selten, und wenn er einmal lachte, so standen seine großen, weißen, wie bei einem Raubthier spitzigen Zähne unangenehm vor; sein Lachen klang gellend, roh, beinahe thierisch, und dabei funkelte es so böse und unheimlich in seinen Augen.

Die Mutter lobte ihn fortwährend, weil er so ungemein folgsam und bescheiden sei, niemals an der Gesellschaft loser Knaben Gefallen fände und sich weit lieber in derjenigen von Frauen aufhalte.

»Der Junge ist verweichlicht, ein richtiges Muttersöhnchen,« sagte der Vater von ihm. »Aber er geht gern in die Kirche und das macht mir Freude.«

Ein Nachbar, ein alter, sehr vernünftiger Mann, der früher Friedensrichter im Distrikt gewesen war, sagte mir einmal, als wir von Mischa sprachen, mit Bezug auf diesen: »Passen Sie auf, das wird noch einmal ein Revolutionär!«

Diese Prophezeiung setzte mich, wie ich mich erinnere, damals sehr in Erstaunen. Allerdings muß ich hinzufügen, daß der Friedensrichter a. D. sehr leicht geneigt war, in einem etwas ungewöhnlich angelegten Menschen gleich einen Revolutionär zu erblicken.

Ein solcher Musterknabe blieb Mischa bis zu seinem achtzehnten Jahre, bis zu dem Zeitpunkte, als seine Eltern starben, die übrigens Beide an einem und demselben Tage aus dem Leben schieden. Da ich beständig in Moskau meinen Aufenthalt hatte, erhielt ich über das Leben und Treiben meines jungen Verwandten keine zuverlässigen Mittheilungen. Ein Herr, der aus jenem Gouvernement stammte und mit dem ich zufällig in Moskau zusammentraf, erzählte mir zwar, daß Mischa sein Stammgut für einen Spottpreis verkauft habe, das erschien mir aber so unwahrscheinlich, daß ich an der Richtigkeit der Nachricht zweifelte. Da jagt eines schönen Morgens, es war im Herbst, eine mit zwei herrlichen Trabern bespannte Kalesche, auf deren Bock ein ungeheuerlich aussehender Kutscher sich breit machte, auf den Hof meines Hauses, hält vor der Eingangsthüre still, und in dieser Kalesche sitzt, gehüllt in einen Offiziersmantel mit riesengroßem Pelzkragen und die Militärmütze so recht verwegen auf einem Ohre tragend – Mischa! Wirklich, mein lieber Verwandter Mischa war angekommen!

Als er mich erblickte (ich stand an einem Fenster des Salons und blickte erstaunt auf die Equipage, die so plötzlich bei mir vorfuhr), wollte er sich ausschütten vor Lachen; sein Lachen war noch immer so gellend und unangenehm scharf, wie früher. Dann warf er mit einer schnellen Bewegung den Mantel ab, sprang aus dem Wagen und trat in mein Haus.

»Mischa! Michael Andrejewitsch!« begrüßte ich ihn. »Sind Sie es denn wirklich?«

»Sagen Sie doch 'Du' zu mir und nennen Sie mich einfach Mischa,« unterbrach er mich. »Ich bin's übrigens, bin's in eigener Person und ganz leibhaftig. Ich bin hierher nach Moskau gekommen, um mir die Leute ein Bischen anzusehen und mich selbst ansehen zu lassen. Natürlich wollte ich doch auch Sie begrüßen! Wie finden Sie meine Traber? He?«

Wieder lachte er laut.

Obgleich fast sieben Jahre verflossen waren, seitdem ich Mischa zum letzten Male gesehen, hatte ich ihn doch sofort wiedererkannt. Sein Gesicht hatte das jugendliche Aussehen bewahrt und es war auch noch ebenso rosig wie früher; von einem Schnurrbart war noch nicht die leiseste Spur wahrzunehmen. Die Wangen sahen jedoch etwas aufgedunsen aus und sein Athem duftete entsetzlich nach Branntwein.

»Bist Du denn schon lange in Moskau?« fragte ich. »Ich glaubte Dich ruhig bei der Bewirthschaftung Deines Gutes.«

»Meines Gutes? Ach, wie lange habe ich das schon verkauft? Kaum waren meine Eltern – Gott schenke ihnen die ewige Seligkeit – gestorben« (Mischa bekreuzte sich bei diesen Worten aufrichtig und ohne das geringste Zeichen von Spott), »da ging's wie der Blitz! Eins zwei drei – ich war es los! Ich habe es sicherlich zu billig fortgegeben! Es war ein Schurkenstreich, ich bin beim Verkauf einer richtigen Canaille in die Hände gefallen. Aber gleichviel! Was thut's? Ich lebe nun doch wenigstens zu meinem Vergnügen und ich unterhalte auch Andere. Aber weshalb sehen Sie mich so sonderbar, so erstaunt an? Glauben Sie, ich hätte mich darin finden können, Zeit meines Lebens auf der Ackerscholle zu sitzen? Wie ist es denn übrigens, theuerstes Onkelchen, bietest Du mir nicht ein Gläschen an?«

Mischa sprach äußerst schnell, eintönig und gewissermaßen wie ein schlaftrunkener Mensch.

»Mischa!« schrie ich laut auf. »Besinne Dich doch! Fürchtest Du denn Gott gar nicht mehr? Sieh Dich doch nur einmal an? In welchem Zustande bist Du? Und Du willst jetzt noch ein Gläschen von mir haben? Ein so schönes Gut, wie es das Deinige gewesen, für ein Nichts, für ein Butterbrod fortgeben!«

»Den lieben Gott,« erwiderte Jener, »fürchte ich wohl, und ich' denke auch immer an ihn; Gott ist sehr gut und deshalb wird er mir auch verzeihen. Ich aber bin ein guter Mensch; ich habe noch niemals in meinem Leben Jemanden etwas zu Leide gethan. Das Gläschen – nun, solch ein Gläschen ist auch sehr gut und kränkt Niemandem. In welchem Zustande ich bin, fragen Sie? Ich sollte doch meinen, in einem ganz achtbaren Zustand. Wenn Sie wollen, Onkelchen, gehe ich hier auf der Dielenspalte entlang oder tanze Ihnen so steif wie eine Latte etwas vor, blos um Ihnen zu zeigen, daß ich vollkommen nüchtern bin.«

»Lasse mich zufrieden. Das könnte ein netter Tanz werden. Setze Dich lieber ganz ruhig hierher!«

»Setzen? Nun meinetwegen! Aber weshalb sagen Sie mir kein Wort über meine Gäule? Sehen Sie die Thiere nur einmal genau an, sie sehen wie Löwen aus. Vorläufig habe ich sie nur gemiethet, ich ruhe aber nicht eher, als bis ich sie gekauft habe, und den Kutscher auch, der gehört dazu. Es ist doch ungleich vortheilhafter, mit eigenem Gespann zu fahren. Ich hatte mir das Geld zum Ankauf auch schon zurechtgelegt, bin es aber gestern im Pharaospiele losgeworden. Na, thut nichts! Morgen werden wir es uns schon wieder zurückholen. Aber nun, Onkelchen, wie ist es denn wirklich mit einem Gläschen?«

Ich konnte mich von meinem Staunen und Schrecken noch immer nicht erholen.

»Mischa, ich bitte Dich, bedenke doch, wie alt Du bist! Du solltest Dich weder um Pferde, noch um das Kartenspiel kümmern, sondern Du solltest zur Universität gehen und studiren oder in den Staatsdienst eintreten.«

Mischa fing erst wieder zu lachen an; dann pfiff er in langsamem Tempo eine Melodie.

«Ich sehe schon, Onkelchen, daß Sie in diesem Augenblicke in etwas mißmüthiger Stimmung sind. Ich werde also ein anderes Mal wiederkommen. Aber halt! wissen Sie, kommen Sie doch heute Abend zum ›Sokolniki‹.[3] Dort habe ich nämlich mein Hauptquartier aufgeschlagen. Dort singen die Zigeuner; ich sage Ihnen, es ist eine Lust! Schön, zum Verrücktwerden schön! Ueber meiner Bude hängt eine Fahne und auf die Fahne habe ich mit großen Buchstaben malen lassen: Poltews Zigeunerchor. Die Fahne dreht und wendet sich wie eine Schlange, und die Buchstaben sind von Gold. Wer das ansieht, muß seine helle Freude daran haben. Jedermann ist geladen, Jeder willkommen, Niemand wird zurückgewiesen. Ich sage Dir: das macht ein Aufsehen in Moskau; so etwas ist noch nicht dagewesen. Alle Welt spricht davon. Nun, wie ist's? Werden Sie kommen? Besonders eine von den Zigeunerinnen, die reine Natter! Schwarz ist sie wie ein Paar Stiefel und böse wie ein Kettenhund, aber Augen hat sie! Augen! Wie glühende Kohlen! Man weiß nicht genau, will sie Einen im nächsten Augenblick beißen oder küssen? Nun, Sie werden doch kommen, Onkelchen, nicht wahr? Also auf Wiedersehen!«

Er umarmte mich stürmisch, gab mir einen schallenden Kuß auf die Schulter, sprang in den Hof hinunter, stieg in die Kalesche, schwenkte mit einem lauten Schrei die Mütze über dem Kopfe; der ungeheuerlich aussehende Kutscher blickte seitwärts über den Bart zu ihm hinüber, zog dann die Zügel an – Alles war verschwunden!

Am andern Tage – ich weiß kaum selbst zu sagen, aus welchem Grunde es geschah, genug, ich that es – am andern Tage ging ich zum »Sokolniki«. Ich sah dort in der That die Bude, die Fahne und

---

[3] Ein öffentlicher Park bei Moskau.

die Aufschrift. Die Dielen der Bude waren etwas erhöht angebracht und von dorther ertönte wildes Schreien, Kreischen und Johlen. Eine große Volksmenge drängte sich um das Zelt und in seinem Innern. Auf den Dielen war ein Teppich ausgebreitet; hier saßen männliche und weibliche Zigeuner. Sie sangen und schlugen das Tambourin, und mitten unter ihnen, eine Guitarre in den Händen haltend, mit rothseidenem Hemd und sammetnen, faltigen Hosen bekleidet, drehte sich Mischa wie ein Kreisel herum und schrie dazu mit heiserer Stimme: »Immer herein! meine Herrschaften! Immer herein! Treten Sie näher. Die Vorstellung wird sofort beginnen! Heda, Champagner her! Lasset die Pfropfen springen! Bis an die Decke müssen sie springen! Vorwärts doch – Hurrah!«

Glücklicherweise bemerkte er mich nicht und so gelang es mir, mich schnell wieder zu entfernen.

Ich will Ihnen, meine Herren, nun nicht des Langen und des Breiten mein Erstaunen über die Veränderung schildern, die mit dem jungen Manne vorgegangen. Aber unwillkürlich drängt sich doch die Frage auf: Wie hatte sich der stille und bescheidene Knabe so furchtbar schnell in solchen Trunkenbold und leichtsinnigen Strick verwandeln können? Hatte diese tolle Wildheit seit seiner frühesten Jugend in ihm geschlummert und war sie erst dadurch zu Tage getreten, daß der Druck der väterlichen Aufsicht nicht mehr auf ihm lastete? Welcher Art das Aufsehen war, das er, wie er selbst sagte, in Moskau machte, darüber konnte nicht der leiseste Zweifel bestehen. Ich habe in meinem Leben leichtsinnige Menschen in großer Zahl gesehen, aber dieser Leichtsinn erinnerte schon mehr an das Gebahren eines Tollhäuslers, an tatsächliches Bestreben, sich selbst zu vernichten, es war eine Art Verzweiflung.

III.

Zwei Monate lang etwa mochte dieses Amüsement, dieses tolle Leben gedauert haben. Da stehe ich wieder einmal am Fenster meines Salons und schaue in den Hof hinab, was muß ich da für einen neuen seltsamen Mummenschanz gewahren? Langsamen Schrittes, demüthig und bescheiden tritt ein Klosterbruder auf den Hof; die Kapuze hat er über die Stirne tief ins Gesicht gezogen, die Haare sind, soviel man davon sehen kann, sorgfältig gescheitelt und nach rechts und links zur Seite gekämmt. Die lang wallende Mönchskutte wird von einem ledernen Gürtel zusammengehalten. Aber dieses Gesicht, diese Gestalt, sollte es möglich sein? Mischa? Ja wahrhaftig, er ist's!

Ich ging die Treppe hinunter, um ihn im Hofe zu begrüßen.

»Was soll denn nun wieder diese neue Maskerade?« fragte ich.

»Von einer Maskerade ist hier keine Rede, Onkelchen,« erwiderte Mischa mit tiefem Seufzer. »Ich habe mein gesammtes Geld bis auf den letzten Kopeken ausgegeben und verthan; nun hat mich die Reue ergriffen und ich that das Gelübde, ins Sergej-Kloster zu Troitzko zu gehen und dort meine Sünden zu bereuen. Welch ein anderer Zufluchtsort stände mir denn jetzt wohl noch offen? Und so komme ich denn zu Ihnen, lieber Onkel, um Ihnen Lebewohl zu sagen und Sie, wie es die Pflicht des verlorenen Sohnes ist, um Verzeihung zu bitten.«

Ich blickte Mischa ganz überrascht an. Sein Gesicht war so rosig und frisch, wie nur je zuvor – es hat übrigens bis zuletzt dieses Aussehen nicht verloren – die Augen schimmerten noch immer so feucht, blickten noch immer so freundlich und schmachtend darein, die Händchen waren noch immer so weiß; leider aber verbreitete er auch noch immer einen starken Branntweingeruch um sich.

»Was soll ich dazu sagen?« bemerkte ich schließlich. »Ich kann Deinen Entschluß nur billigen und ich wüßte auch keinen andern Ausweg für Dich. Aber weshalb riechst Du so entsetzlich nach Branntwein?«

»Das ist noch ein Rest vom alten Adam,« entgegnete er und platzte in sein altes, lautes, gellendes Lachen aus. Plötzlich aber schien er sich auf seinen neuen Stand zu besinnen, verbeugte sich steif und tief, wie es die Mönche zu thun pflegen, und fügte hinzu:

»Wollen Sie mir nicht ein kleines Zehrgeld mit auf den Weg geben? Ich mache die Reise bis nach dem Kloster zu Fuß.«

»Wann gehst Du auf die Wanderung?«

»Heute noch, sofort.«

»Weshalb hast Du es denn so eilig?«

»Onkelchen, mein Wahlspruch war von jeher: Schnell, immer nur schnell!«

»Und welchen Wahlspruch hast Du jetzt?«

»Denselben. Nur sage ich jetzt: Schnell zum Guten.«

So verließ mich denn Mischa und ich blieb allein, um über die Wandelbarkeit aller menschlichen Schicksale meine Betrachtungen anzustellen.

Aber bald wurde ich wieder an die Existenz meines Neffen erinnert.

Kaum zwei Monate waren nach seinem Abschiedsbesuche verflossen, als ich einen Brief von ihm erhielt, und zwar war dies der erste von allen jenen, die ich in der Folgezeit in großer Zahl empfing. Und beachten Sie den eigenthümlichen Umstand: Ich habe selten eine so saubere und klare Handschrift gesehen wie diejenige dieses halbverdrehten Menschen. Der Stil war auch durchaus korrekt, wenn auch einige gesuchte Ausdrücke mitunterliefen.

In diesen Briefen wechselten die Bitten um Unterstützung beständig mit den Versprechungen der Besserung ab, ferner mit Betheuerungen, flehentlichen Anrufungen und Segenswünschen. Alles schien aufrichtig gemeint zu sein und war es vielleicht auch wirklich. Die Unterschrift Mischa's war stets mit vielen Punkten, Strichen Und Schnörkeln verziert; auch hatte er die Gewohnheit, möglichst viele Ausrufungszeichen im Texte jedes Briefes anzuwenden.

Im ersten seiner Briefe theilte mir Mischa mit, daß sein Geschick eine neue »Wendung« genommen hatte. (Später sprach er nicht mehr von einer neuen »Wendung«, sondern vom »Auftauchen einer neuen Idee«, und es »tauchte« sehr viel »auf«.) Er schrieb mir also, daß er nach dem Kaukasus gehe, um »seine Brust dem Vaterlande und dem Czaren darzubringen«, indem er als Fähnrich in ein Regiment einträte. Irgend eine wohlthätige alte Tante, die sich für ihn interesstrte, hatte ihm bereits eine kleine Summe zur Beihilfe bei der Equipirung gesandt, und mich bat er nun ebenfalls um eine Unterstützung für denselben Zweck. Ich erfüllte seine Bitte und zwei Jahre lang hörte ich nicht das Mindeste von ihm.

Unter uns gesagt: Ich zweifelte sehr stark daran, ob er wirklich nach dem Kaukasus gegangen fei. Aber dies war nun doch der Fall. Wie ich später hörte, war er durch Protektion, die er sich zu verschaffen gewußt hatte, als Fähnrich im T.'schen Regimente einrangirt worden, und zwei Jahre lang blieb er bei demselben im Dienste. Eine ganze Menge Geschichten waren über ihn und seine Streiche im Umlauf und ein Offizier seines Regimentes, mit dem ich durch Zufall zusammentraf, theilte mir dieselben später auch mit.

IV.

Ich erfuhr über ihn so Manches, wie ich es selbst von ihm, dem ich doch ziemlich viel zutraute, nicht erwartet hatte. Daß er sich mit Bezug auf den Dienst als mittelmäßiger oder, um es gerade heraus zu sagen, als absolut schlechter Soldat gezeigt hatte, wunderte mich nicht im Geringsten; was mich aber wirklich in Erstaunen versetzte, war die Thatsache, daß man ihm nicht einmal nachsagen konnte, er besäße persönliche Tapferkeit; während der Schlachten machte er den Eindruck eines matten, zu Thaten unlustigen Mannes, der von Sorgen gequält ist, Die ganze militärische Disziplin verstimmte ihn und war ihm lästig. Wenn es sich um ihn persönlich handelte, konnte er bis zum Wahnwitz kühn sein; er wies keine Wette zurück, sie mochte so unsinnig sein, wie sie wollte, aber Andern ein Leid zufügen, sich zu schlagen, Jemanden zu tödten, dazu war er nun einmal nicht im Stande, sei es, weil sein Herz von Natur zu sanft und gut war, sei es, daß die »baumwollene« Erziehung, die er, wie er sich ausdrückte, in seiner Jugend empfangen hatte, ihn daran verhinderte. Zu jeder Zeit und auf jede nur denkbare Art und Weise war er bereit sich selbst zu zerstören; aber Andern einen Schaden zufügen – nein!

»Der Teufel selbst kann aus diesem Menschen nicht klug werden,« sagten die Kameraden, wenn sie von ihm sprachen. »Er ist eigentlich schlaff, wie ein Waschlappen, aber zu andern Zeiten geberdet er sich wie ein Mensch ohne Sinn und Verstand, oder wie ein Verzweifelter.«

Später nahm ich einmal die Gelegenheit wahr Mischa zu fragen, welcher böse Geist ihn treibe, so maßlos zu trinken, sein Leben ohne rechte Ursache aufs Spiel zu setzen und tausend ähnliche tolle Streiche zu begehen. Und er hatte immer nur eine und dieselbe Antwort: »Es ist der Gram.«

»Gram? Worüber grämst Du Dich denn?«

»Worüber? Nun das liegt doch auf der Hand. Man hält Einkehr bei sich, man besinnt sich auf sich selbst, man denkt an all das Elend, an all die Ungerechtigkeit, die in Rußland herrscht, da kommt der Gram schon von selbst. Man grämt sich, daß man sich am liebsten eine Kugel durch den Kopf schießen möchte. Man fängt an, teufelmäßig liederlich zu leben, und kann doch eigentlich selbst nicht dafür.«

»Was kann Dich denn aber der Zustand in ganz Rußland kümmern?«

»Weshalb soll ich mir darüber denn keine Sorge machen? Aber das muß ich allerdings sagen: Ich fürchte mich fast schon, daran auch nur zu denken.«

»Ich will es Dir besser sagen, was an Deinem Gram schuld ist: Deine eigene Unthätigkeit.«

»Aber was soll ich denn eigentlich thun, bestes Onkelchen? Ich verstehe ja nichts. Sein ganzes Leben auf eine einzige Karte setzen, daß es im Handumdrehen heißt, man hat Alles gewonnen oder Alles verloren, das verstehe ich. Und trinken, trinken, immer noch mehr trinken, das verstehe ich ebenfalls. Zeigen Sie mir doch einmal etwas, was ich thun soll und wofür ich mein Leben einsetzen soll. Sofort thue ich es! Nicht einen Augenblick zögere ich!«

»Weshalb denn immer gleich das Leben einsetzen? Begnüge Dich doch damit, einfach und schlicht zu leben, wie andere Menschenkinder.«

»Das kann ich nun einmal nicht. Sie machen mir den Vorwurf, daß ich ohne Ueberlegung handele. Aber wie soll ich denn anders thun! Beginne ich erst, überhaupt einmal nachzudenken, Herrgott, was geht mir dann Alles durch den Kopf! Das Ueberlegen eignet sich auch gar nicht für uns Russen. Das ist etwas für die Deutschen!«

Was sollte man solchen Einwendungen entgegenhalten? Was konnte man mit Aussicht auf Wirkung bei ihm vorbringen? Er war eben ein Verzweifelter, und damit ist Alles gesagt.

Ich habe vorhin erwähnt, daß über sein Leben im Kaukasus eine große Zahl Geschichten im Umlauf waren; ich will Ihnen einige davon zum Besten geben.

Eines Tages prahlte Mischa in der Gesellschaft von Offizieren mit einem echten tscherkessischen Säbel, den er gegen irgend etwas Anderes eingetauscht hatte.

»Es ist eine echte persische Klinge,« behauptete er.

Einige Offiziere bezweifelten die Echtheit und Mischa gerieth bei der Verteidigung seiner Ansicht immer mehr in Eifer.

»Wissen Sie,« rief er endlich, »was Säbelklingen anbetrifft, erklärt man im allgemeinen den einäugigen Abdul für den größten Kenner und Sachverständigen. Ich werde ihn einfach aufsuchen und ihn um seine Anficht befragen.«

»Welchen Abdul?« riefen die Offiziere, aufs Höchste überrascht. »Etwa Abdul-Khan, der in den Bergen haust? der mit uns auf Kriegsfuß steht?«

»Denselben.«

»Nun, er wird Dich für einen Spion halten, wird Dich festnehmen und wenn er Dich nicht in strengem Gewahrsam hält, so schlägt er Dir mit Deinem eigenen Säbel den Kopf ab. Wie willst Du denn überhaupt zu ihm gelangen? Bevor Du noch zu ihm vordringst, bist Du schon gefangen und weggeführt.«

»Ihr könnt reden, was Ihr wollt, ich gehe dennoch zu ihm.«

»Ich wette, daß Du nicht gehst.«

»Ich halte jede Wette.«

Ohne sich im Geringsten stören oder aufhalten zn lassen, sattelte Mischa sein Pferd und machte sich auf den Weg.

Drei Tage vergingen. Alle glaubten mit Bestimmtheit, daß der tollkühne Mensch sein Ende gefunden habe. Da aber kehrte er zurück und zwar in furchtbar betrunkenem Zustande und mit einem andern Säbel als demjenigen, wegen dessen er ausgeritten war. Man bestürmte ihn mit Fragen.

»Es ist Alles sehr hübsch und einfach gegangen,« berichtete Mischa; »dieser Abdul-Khan ist wirklich ein sehr netter Kerl. Zuerst ließ er mir allerdings Fesseln an die Füße legen und alle Anstalten treffen, um mich auf einen Pfahl zu spießen. Ich erklärte ihm nun aber in aller Ruhe, weshalb ich gekommen sei und zeigte ihm dabei meinen Säbel. ›Es lohnt wirklich nicht der Mühe, mich gefangen zu nehmen, denn Lösegeld wird für mich doch von keiner Seite gezahlt. Verwandte habe ich nicht und ein Fremder wendet auch nicht einen einzigen Kopeken daran, mein Leben von Dir zu erkaufen.‹

»Abdul-Khan schien sehr verwundert zu sein; er betrachtete mich aufmerksam mit dem einen Auge, das er noch sein eigen nennt. Dann fagte er: ›Russe, Du scheinst mir ein durchtriebener Schelm zu sein; darf man Dir trauen?‹ – ›Du kannst mir trauen,‹ antwortete ich; ›ich lüge niemals.‹ (Das war der Fall; Mischa hat wirklich nie in seinem Leben gelogen). »Abdul sah mich von Neuem aufmerksam an. Dann fragte er: ›Kannst Du Wein trinken?‹ – ›Gewiß‹ antwortete ich; ›ich trinke, soviel Du nur irgend willst, Wein, Branntwein mir ist es gleich.‹ Abdul-Khan schien aus seinem Staunen gar nicht mehr herauszukommen und rief den Namen Allahs an. Darauf befahl er seiner Tochter – mir wenigstens kam es so vor, als sei das Mädchen seine Tochter; es war übrigens ein sehr niedliches Geschöpfchen, aber Augen hatte es gerade wie ein Schakal – er befahl also seiner Tochter, mir einen Schlauch voll Wein zu bringen, und nun machte ich mich darüber her und zeigte, was ich in dieser Beziehung zu leisten im Stande sei.

»›Dein Säbel.‹ sagte Abdul dann zu mir, ›ist nicht echt; nimm hier diese Klinge, sie ist eine wahrhaft echte. Und nun wollen wir leben als Gastfreunde und Brüder.‹ So blieb ich einen Tag bei Abdul-Khan. Sie sehen, meine Herren, daß Sie Ihre Wette verloren haben; nun zahlen Sie also.«

Eine zweite Geschichte. Mischa huldigte dem Kartenspiel mit großer Leidenschaft. Aber da er niemals im Besitze von baarem Geld und im Bezahlen seiner Spielschulden auch nichts weniger als pünktlich war, so mochte Niemand mehr mit ihm spielen. Eines Tages nun bestürmte er einen seiner Kameraden mit den dringendsten Bitten.

»Spiele doch mit mir! Thue mir doch den Gefallen, mach' mit mir ein Spielchen.«

»Aber wenn Du verlierst, bezahlst Du ja doch nicht.«

»Geld habe ich allerdings nicht, aber wenn ich verliere, will ich mir eine Kugel durch die linke Hand schießen, mit dieser Pistole hier.«

»Welchen Vortheil hätte ich davon?«

»Einen Vortheil allerdings nicht, aber die Sache ist doch immerhin interessant.«

Dieses Gespräch fand nach einer kleinen Kneiperei statt und hatte einige Zeugen. Der verrückte Vorschlag Mischa's mochte dem Offizier vielleicht wirklich besonders interessant erscheinen, genug, er willigte darein. Es wurden Karten herbeigebracht und das Spiel begann. Mischa hatte Glück und gewann hundert Rubel.

Plötzlich schlug sich sein Gegner mit der Hand vor die Stirne.

»Welch ein Dummkopf bin ich doch!« rief er dabei. »Es war sicherlich nur eine plumpe Falle, und doch bin ich hineingegangen. Wenn Du verloren hättest, so hättest Du Dir ja doch nicht durch die Hand geschossen. Du hättest Dich jedenfalls gehütet.«

»Meinst Du?« erwiderte Mischa. »Nun, ich habe zwar gewonnen, aber Du sollst es nun doch mit Deinen eigenen Augen sehen.«

Er ergriff die Pistole und – paff! – schoß er sich durch die linke Hand. Die Kugel durchbohrte die Hand auf beiden Seiten. Nach Verlauf von acht Tagen war die Wunde übrigens wieder geheilt, ohne auch nur die geringste Spur zu hinterlassen. Wieder ein anderes Mal ritt Mischa zur Nachtzeit mit seinen Kameraden auf einem schmalen Pfade dahin; neben diesem Wege gähnte der Schlund eines finsteren Abgrundes, von dem man den Boden nicht sehen konnte.

»Nun,« meinte einer der Offiziere, »so tollkühn unser Mischa auch sein möge, in diesen Abgrund hinabzuspringen, wird er doch hübsch bleiben lassen.«

»So? Ich werde dennoch hineinspringen!«

»Das wirst Du nicht thun. Dieser Abgrund hat eine Tiefe von mindestens sechzig Fuß, und bei einem Sprunge dort hinunter kann man nicht nur Arme und Beine, sondern auch den Hals brechen.«

Der Freund wußte ganz genau, an welcher schwachen Stelle man Jenen packen mußte: bei seiner Eitelkeit. Diese war bei Mischa in unglaublich hohem Grade entwickelt:

»Ich sage, ich springe hinab, also werde ich springen. Wollen wir wetten? Zehn Rubel?«

»Gut, es gilt.«

Kaum hatte der Offizier dies gesprochen, als Mischa sich auch schon aus dem Sattel geschwungen hat und nun in die Schlucht hinunter. Man hörte ihn über das Gestein dahinkollern. Alle Anwesenden waren vor jähem Schreck wie erstarrt; eine Minute verrann – da hörte man Mischa's Stimme und sie klang so dumpf, als dringe sie aus dem Schooße der Erde hervor:

»Ich bin unverletzt! Ich fiel in den Sand! Es hat aber eine ganze Zeit lang gedauert, bis ich hier unten ankam. Jetzt schuldet Ihr mir zehn Rubel!«

»Komm wieder herauf!« riefen die Kameraden.

»Ja, komm herauf,« erwiderte Mischa. »Das ist leicht gesagt. Hol mich der Teufel, wenn ich weiß, wie ich hier herauskommen soll. Jetzt holt vor allen Dingen Laternen und Stricke. Damit mir aber in der Zwischenzeit das Warten nicht zu langweilig wird, kann mir Einer von Euch seine Feldflasche hinunterwerfen.«

Fast fünf Stunden mußte Mischa auf dem Grunde der Schlucht zubringen, und als man ihn endlich heraufzog, stellte es sich heraus, daß der eine Arm vollständig ausgerenkt war. Das machte ihm aber nicht die geringste Sorge. Am nächsten Tage renkte ihm ein Kurschmied, der sich auch ein Bischen auf das Menschenkuriren verstand, die Schulter wieder ein, und Jener konnte seinen Arm wieder gebrauchen, als ob gar nichts passirt wäre.

Seine Gesundheit war überhaupt von einer unglaublichen, man man möchte fast sagen: unerhörten Widerstandskraft. Ich habe schon erwähnt, daß sein Gesicht bis zum Tode eine rosige, beinahe kindliche Frische bewahrte. Trotz seiner Unmäßigkeit und seines unregelmäßigen Lebenswandels wurde er doch niemals von einer Krankheit heimgesucht. In Fällen, bei welchen ein Anderer gestorben, zum Mindesten aber gefährlich erkrankt wäre, schüttelte er sich einfach, wie eine Ente, die aus dem Wasser steigt; dann war alles Ungemach vergessen und er blühte herrlicher auf, als je zuvor.

Einmal, es war auch während seines Aufenthaltes im Kaukasus – ich schicke gleich voran, daß ich selbst diese Geschichte für unglaublich halte, aber man erzählte sie doch allgemein und sie kann zugleich als Beweis dafür gelten, wessen man Mischa für fähig hielt

– einmal stürzte er also, als er sich wieder toll und voll getrunken hatte, mit dem Leib und den Beinen in einm Fluß, so daß nur der Kopf und die Arme über der Oberfläche des Wassers blieben. Es geschah das im strengen Winter; in der Nacht fror es und als man ihn am nächsten Morgen gewahrte, konnte man seine Beine und seinen Leib nicht mehr sehen, es hatte sich nämlich eine ziemlich dichte Eisschicht um seinen Körper gebildet. Man denke nur – nicht einmal einen Schnupfen hat er sich bei diesem Abenteuer zugezogen.

Ein anderes Mal – dieses trug sich aber nicht mehr im Kaukasus zu, sondern in Rußland, in der Nähe von Orel und ebenfalls im strengen Winter – mein Mischa befand sich also ein anderes Mal in einer außerhalb der Stadt gelegenen Schenke und zwar in Gesellschaft von sieben Gymnasiasten. Diese jungen Leute feierten ihr Abiturientenexamen und luden meinen Neffen als liebenswürdigen Menschen – oder, wie man damals zu sagen pflegte: einen »Seufzer-Menschen« – ein, an ihrer Feier theilzunehmen. Es wurde unmäßig viel getrunken und als sich die lustige Gesellschaft zum Aufbruch rüstete, war Mischa wieder total betrunken und befand sich in vollkommen bewußtlosem Zustande. Die Gymnasiasten hatten nur einen einzigen dreispännigen Schlitten mit ziemlich hohem Hintertheile. Nun war guter Rath theuer, wo man den Körper des Bezechten lassen sollte. Einer der jungen Leute schlug nun, wahrscheinlich inspirirt von Erinnerungen an seine klassischen Studien, vor, Mischa mit den Füßen an den Hintertheil des Schlittens zu binden, etwa wie Hektor an den Wagen des sieghaften Achilles gebunden war. Mit großem Beifall wurde der Vorschlag angenommen, und die Füße nach oben gerichtet, den Kopf im Schnee schleifend, an manchen Stellen tüchtig auf den Erdboden aufschlagend, bald nach links, bald nach rechts geworfen, während der ganzen Fahrt auf dem Rücken liegend; so legte Mischa die ganze etwa zwei Werst betragende Strecke zurück, und er bekam nicht einmal einen Husten nach dieser Affaire. Es war, als wäre absolut nichts passirt. Danach mag man beurtheilen, mit welcher schier unverwüstlichen Konstitution ihn die Natur ausgestattet hatte.

V.

Nach seiner Rückkehr aus dem Kaukasus erschien er wieder in Moskau und zwar in Tscherkessenuniform, mit aufgenähten Patronenhülsen auf der Brust, mit dem Dolch im Gürtel und der hohen Pelzmütze auf dem Kopfe. Obgleich er vollständig aus dem Militärdienste geschieden war, trug er dieses Kostüm doch bis an sein Lebensende. Wegen fortgesetzter Unpünktlichkeit im Dienste hatte er seinen Abschied erhalten. Von Zeit zu Zeit suchte er mich auf, und zwar mit dem ausgesprochenen Zwecke, sich etwas Geld von mir zu leihen. Zu dieser Zeit begannen für ihn die wirklichen Lasten und Mühseligkeiten auf dem Wege durchs Leben oder, wie er selbst es nannte, »die sieben Simeonstage«. Jetzt begann auch sein zeitweiliges Auftauchen und Verschwinden, jetzt nahm die Fluth schön geschriebener Briefe ihren Anfang, die an alle möglichen Personen adressirt waren, vom Metropoliten bis herunter zu Bereitern, Stallmeistern und Hebammen. Wo er nur irgend konnte, machte er einen Besuch, gleichviel ob er die Leute kannte oder ob sie ihm vollständig fremd waren. Als lobenswerth muß dabei allerdings erwähnt werden, daß er bei solchen Besuchen niemals ein knechtisches, kriechendes Wesen zur Schau trug; just das Gegentheil war der Fall; er trat mit großer Sicherheit auf, blickte Jeden heiter und freundlich an und nur der nun schon unvermeidlich gewordene Branntweingeruch, der ihn überall hin begleitete, sprach gegen ihn, und ebenso die orientalische Uniform, die sich nach und nach in Lumpen verwandelte.

»Geben Sie mir eine Kleinigkeit, wenn ich es auch nicht verdiene. Gott wird es Ihnen schon lohnen,« sagte er mit freimüthigem Lächeln und ehrlichem Erröthen. »Wenn Sie mir nichts geben, so sind Sie ja auch vollständig in Ihrem Recht und ich werde mich auch nicht weiter darum grämen. Ich werde mir auch ohne Ihre Gabe zu helfen wissen. Gott wird mich unterstützen. Es giebt wirklich viele Menschen, die noch weit ärmer sind als ich und dabei auch viel mehr werth, daß ihnen geholfen werde.«

Besonders bei den Frauen hatte Mischa mit seinem Bittgesuch vielen Erfolg, denn er verstand sich darauf, ihr Mitleid wachzurufen. Nur darf man nicht etwa glauben, daß er ein Lovalace war oder sich einbildete, einer zu sein. O nein, in dieser Hinsicht war er wirklich sehr bescheiden. Ob dieses Temperament ein Erbtheil von seinen Eltern war oder ob darin nur aufs Neue sein Bestreben zum Ausdruck kam, Niemandem etwas Unangenehmes zuzufügen, das muß ich unentschieden lassen; nach seiner Ansicht war es nämlich die größte Beleidigung, die man einer Frau zufügen kann, wenn man mit ihr in zu intimen Verkehr sich einließ. Sein Benehmen gegenüber dem weiblichen Geschlecht war höchst zartsinnig und rücksichtsvoll. Die Frauen erkannten dies dankbar an und suchten es ihm durch Mitleid und Unterstützung in jeder Weise zu vergelten, bis er sie endlich durch seine Unthätigkeit, seine Trunksucht, durch sein ganzes verzweifeltes Auftreten, ich kann kein anderes Wort finden, abstieß.

In anderer Beziehung dagegen legte er wieder einen fast unglaublichen Mangel an Anstandsgefühl an den Tag, und so kam er endlich auf der allertiefsten Stufe der Erniedrigung an. Einmal vergaß er sich soweit, daß er im Adelskasino zu T. eine Büchse auf den Tisch stellte und daneben eine Tafel mit folgender Inschrift anbrachte:

»Jeder, den die Lust anwandelt, dem altadligen Poltew – die Dokumente über die Herkunft, die Familie u.s.w. liegen zur Ansicht aus – einen Nasenstüber zu geben, kann diesen feinen Wunsch befriedigen, sobald er vorher einen Rubel in die Büchse geworfen hat.«

Es fanden sich, wie man mich versicherte, eine ganze Anzahl Liebhaber, denen es Spaß machte, dem Edelmann einen Nasenstüber zu versetzen. Allerdings darf ich hierbei nicht verschweigen, daß Mischa einen dieser Liebhaber, der nur einen Rubel in die Büchse legte, sich dann aber erlaubte, Jenem zwei Nasenstüber zu geben, zuerst fast erwürgte und ihn dann zwang, nachdem er endlich losgelassen hatte, ihn um Vergebung zu bitten. Ferner darf man nicht unerwähnt lassen, daß er einen ganzen Theil des auf diese Weise zusammengeschlagenen Geldes an andere arme Teufel vertheilte. Aber deshalb ist die Taktlosigkeit doch nicht geringer zu beurtheilen.

Im Laufe dieser seiner Fahrt »durch die sieben Simeonstage« suchte er auch einmal sein heimatliches Nest auf, welches er für einen Spottpreis an einen damals sehr bekannten Geschäftsmann, einen Wucherer und Güterschlächter verkauft hatte.

Der neue Besitzer war im Hause anwesend nnd als er die Mittheilung erhielt, daß der ehemalige Gutsherr, der allmälig zum Vagabunden herabgesunken sei, angekommen wäre, gab er strengen Befehl, ihn nicht ins Haus zu lassen und ihn nöthigenfalls sogar mit Gewalt am Eintritt zu hindern.

Mischa erkälte, daß er überhaupt nicht daran denke, über die Schwelle eines Hauses zu schreiten, das schon dadurch entweiht sei, daß ein so ehrloser Schuft es besitze; wenn er aber einen Besuch beabsichtigt hätte, so würde er sich durch kein Verbot und keine Drohung davon abbringen lassen. Er hatte nur die Absicht, den Kirchhof zu betreten und die daselbst befindlichen Gräber seiner Eltern zu besuchen.

Auf den Kirchhof traf er einen alten Leibeigenen, der ihn, als er noch ein Kind war, gewartet hatte.

Der Wucherer, der jetzige Gutsbesitzer, hatte den alten Mann von seinem kleinen Gehöfte gejagt, ihm auch jede Unterstützung an Korn, Fischen u.s.w., die er bisher erhalten, entzogen und ihn darauf angewiesen, im Stall eines benachbarten Bauern zu nächtigen. Mischa hatte die Rolle als Gutsherr nur kurze Zeit gespielt; es war ihm deshalb auch nicht gelungen, bei den Dorf- und Hofleuten ein tieferes Gefühl der Dankbarkeit für ihn zu begründen. Dennoch aber konnte der alte Diener es nicht über sich gewinnen, fernzubleiben; kaum hatte er von der Ankunft seines ehemaligen Herrn gehört, als er auch schon auf den Kirchhof lief. Hier fand er Mischa auf der bloßen Erde zwischen den Grabsteinen sitzen; sofort bat er um die Erlaubniß, ihm die Hand küssen zu dürfen, und dem alten Mann traten die Thänen in die Augen, als er sehen mußte, daß der einst so sorgfältig gepflegte Körper seines Wartekindes kaum noch von den nothdürftigsten Lumpen umhüllt wurde. Mischa sah den alten Diener lange an, ohne ein Wort zu sprechen.

»Timothej!« sagte er endlich. Timothej erzitterte am ganzen Körper. »Was befehlen Sie, gnädiger Herr?/ »Hast Du eine Schaufel, einen Spaten?« »Ich kann ihn herbeiholen. Aber was wünschen Sie mit einem Spaten zu beginnen, Herr Michael Andrejewitsch?«

»Ich will mir hier ein Grab graben, Timothej, und mich für alle Ewigkeit hier zwischen den Gräbern meiner Eltern zur Ruhe legen; auf der ganzen großen Welt ist ja nichts als dies einzige Plätzchen mein Eigenthum geblieben. Bringe mir also den Spaten.«

»Sofort!« sagte Timothej und entfernte sich.

Bald kehrte er mit dem verlangten Gegenstande zurück und Mischa begann nun zu graben. Timothej stand daneben, hielt sich das Kinn mit der einen Hand und wiederholte immer aufs Neue:

»So ist's, gnädiger Herr, so ist's! Dir und mir, uns Beiden ist wirklich nichts geblieben, als dieses Fleckchen Erde hier.«

Mischa grub unverdrossen und warf nur von Zeit zu Zeit die Bemerkung ein:

»Es lohnt sich ja überhaupt nicht zu leben. Meinst Du nicht auch, Timothej?«

»Nein, es lohnt sich wirklich nicht. Väterchen,« lautete jedesmal die Antwort.

Die Grube war mittlerweile schon ziemlich tief geworden. Einige Bauern sahen der Arbeit zu, liefen dann zu dem jetzigen Gutsherrn, dem Geschäftsmann und Wucherer, und theilten ihm mit, was Mischa beginne. Zuerst wurde der Gutsbesitzer wüthend und wollte zur Polizei schicken. »Das ist ja die reine

Profanation!« schrie er einmal über das Andere. Dann aber überlegte er es sich und kam dabei wohl zum Bewußtsein, daß es nicht gerathen sei, mit dem launenhaften Menschen anzubinden und daß er Alles vermeiden müsse, was etwa einen Skandal hervorrufen könne. So beschloß er denn, in eigener Person auf den Kirchhof zu gehen; das that er denn auch und als er dort Mischa traf, der sich noch immer im Schweiße seines Angesichts abmühte das Grab zu vollenden, verneigte er sich sehr tief vor ihm. Mischa aber fuhr fort zu graben, als habe er das Erscheinen seines Nachfolgers im Gutshofe gar nicht bemerkt.

»Michael Andrejewitsch, würden Sie mir erlauben zu fragen, was Sie da eigentlich machen?«

»Wie Sie sehen, grabe ich mein Grab.«

»Weshalb?«

»Weil ich nicht Lust habe, noch länger zu leben.«

Ganz erstaunt ob dieser Antwort hob der Fragesteller beide Hände empor.

»Sie wünschen nicht länger zu leben?«

Mischa warf ihm einen drohenden Blick zu.

»Darüber können Sie noch in Erstaunen gerathen? Sie wissen doch sehr gut, daß Sie die Ursache meines Kummers sind. Jawohl, Sie! Jawohl, Du! Du Judas, Du hast es Dir zu Nutze gemacht, daß ich noch jung und unerfahren war! Du hast es benutzt, um mich auszuplündern, um mich zu berauben! Und jetzt schindest Du Deine Bauern, daß es einen Stein erbarmen könnte! Hast Du diesem hinfälligen, siechen Greise nicht sein tägliches Brod geraubt? Jawohl, Du hast es gethan! O Gott im großen Himmel! Ueberall Ungerechtigkeit! Nirgends etwas Anderes als Unterdrückung und Frevelthat! Da mag denn Alles zu Grunde gehen, Alles und ich dazu! Ich will nicht länger leben, ich mag nicht länger in diesem Rußland leben!«

Und noch kräftiger und schneller als zuvor arbeitete Mischa mit dem Grabscheit.

»Zum Teufel auch,« dachte der Gutsherr; »was soll denn das bedeuten? Es scheint wirklich, als wolle er sich ein Grab machen und sich dann gleich hineinlegen. Michael Andrejewitsch,« fuhr er dann laut fort, »ich muß Sie doch um Entschuldigung bitten. Hören Sie mich nur an, es waltet hier ein Mißverständniß vor.« Mischa grub. »Aber wozu diese Verzweiflung?« Mischa grub ruhig weiter und warf die ausgehobene Erde dem Gutsherrn auf die Füße. »Da, Du Landverschlinger!« schrie er dabei; »nimm es und friß es auf!«

»Ich gebe Ihnen die Versicherung, daß Sie im Unrecht sind. Sie sollten lieber in meine Wohnung kommen, sollten dort etwas genießen und ein Wenig ausruhen.«

Mischa erhob den Kopf.

»Sieh einmal, jetzt singst Du in einer ganz anderen Tonart. Wie ist's darum? Giebt's bei Dir auch etwas zu trinken?«

»Ganz gewiß! Weshalb nicht?« erwiderte der Gutsherr, sehr erfreut, daß die Sache eine für ihn so günstige Wendung nahm.

»Ladest Du auch den alten Timothej ein?«

»Freilich, auch ihn.«

Mischa dachte einen Augenblick nach.

»Das sage ich Dir von vornherein: Du weißt, daß Du mich ausgeplündert hast und daß Du Schuld an meiner jetzigen Lage bist, bilde Dir also nicht etwa ein, daß Du die Sache mit einer einzigen Flasche todt machen könntest.«

»Seien Sie unbesorgt! Es ist von Allem so viel da, als Ihr Herz begehrt.«

Mischa richtete sich ganz empor und warf den Spaten zur Seite. »Nun, mein lieber Timothej,« wandte er sich an seinen alten Wärter, »so wollen wir denn dem Hausherrn die Ehre erweisen. Gehen wir!«

»Sehr gern,« antwortete der Alte.

So begaben sich die Drei ins Herrenhaus.

Der durchtriebene Gutsbesitzer wußte ganz genau, wie er sich zu verhalten habe. Mischa begann allerdings damit, daß er sich von Jenem das Ehrenwort geben ließ, er wolle seinen Bauern in Zukunft alle möglichen Erleichterungen zu Theil werden lassen, aber schon eine Stunde später tanzte Mischa mit Timothej, Beide vollständig betrunken, Galopp in demselben Zimmer, in welchem, wie man meinen konnte, noch der Geist von Andrej Nikolajewitsch Poltew, Mischa's Vater, umging; wieder eine Stunde später lag Mischa, der trotz seines vielen Trinkens doch nicht viel Branntwein vertragen konnte und deshalb schon eingeschlafen war, auf einem Wagen. Seine Mütze hatte man ihm auf den Kopf gesetzt, seinen Dolch neben ihm gelegt, und so wurde er nach der etwa fünfundzwanzig Werst entfernten Nachbarstadt gefahren. Dort legte man ihn an einem Zaun nieder, wo er sich bei feinem Erwachen zum größten Erstaunen wiederfand. Timothej, der noch nicht eingeschlummert war, sondern immer noch versuchte für sich allein Galopp zu tanzen, wurde einfach aus dem Hause geworfen. Was man mit dem

Herrn zu thun beabsichtigt hatte, konnte somit wenigstens beim Diener ausgeführt werden.

VI.

Wiederum verging einige Zeit, ohne daß ich das Geringste von Mischa oder über ihn gehört hätte. Gott mochte wissen wohin, er gerathen war. Da sitze ich nun eines schönen Tages in einer Posthalterei an der T.'schen Landstraße; auf dem Tische vor mir stand der Samowar und ich wartete auf den Vorspann, da höre ich plötzlich unter dem offenen Fenster des Passagierzimmers eine heisere Stimme auf französisch sagen: »Monsieur, monsieur! preuez pitié d'un pauvre gentilhomme ruiné!«

Ich erhob den Kopf, großer Gott! Wen mußte ich vor mir sehen! Die von allen Haaren entblößte Fellmütze auf dem Kopfe, bekleidet mit der zerlumpten Tscherkessen-Uniform, an welcher die aufgenähten Patronenhülsen fast in Fetzen herunterhingen, den Dolch in der zerplatzten und zerbrochenen Scheide tragend, mit aufgedunsenem, dabei aber noch immer rosig schimmerndem Gesicht, mit zerzaustem, aber immer noch reichem Kopfhaar, so stand Mischa vor mir! Er war es wirklich, und er war schon soweit gesunken, daß er die Reisenden auf der Landstraße um einen Almosen ansprach!

Ich schrie unwillkürlich laut auf. Er erkannte mich, zitterte, wandte sich ab und machte Miene sich von dem Fenster zu entfernen. Ich hielt ihn zurück. Aber was sollte ich sagen? Sollte ich ihm etwa in diesem Moment eine moralische Vorlesung halten?

Ohne ein Wort zu äußern hielt ich ihm einen Fünfrubelschein hin; ebenfalls schweigend ergriff er die Banknote mit seiner immer noch weißen und rundlichen, aber doch schon zitternden und auch ziemlich unsaubern Hand, und dann verschwand er hinter dem Hause.

Der Vorspann mit frischen Pferden ließ noch immer auf sich warten, und so hatte ich Zeit genug, meinen trüben Gedanken über dieses unerwartete Zusammentreffen mit Mischa nachzuhängen. Ich machte mir jetzt Vorwürfe darüber, daß ich ihn so kalt und gleichgültig hatte weiterziehen lassen. Endlich konnte ich meine Reise fortsetzen; kaum hatte ich noch eine halbe Werst zurückgelegt, als ich vor mir auf der Landstraße einen Trupp Menschen gewahrte, die in seltsamer, offenbar taktmäßiger Weise vorwärts schritten. Bald hatte ich mit meinem Wagen die Leute eingeholt, und was mußte ich nun sehen! Zwölf Bettler waren es, die, mit den Quersäcken auf dem Rücken, zu je zwei und zwei schritten, hüpften und sprangen; sie sangen im Chor ein Liedchen und vor ihnen her tanzte Mischa und brüllte den Refrain noch lauter als die Andern. Kaum war mein Wagen in ihrer Nähe angelangt, als er mich auch schon erblickte und nun laut rief:

»Hurrah! Halt! Das ganze Bataillon, Front!«

Gehorsam blieben die Bettler auf dieses Kommando hin in doppelter Reihe stehen; er selbst sprang mit seinem gewöhnlichen gellenden Lachen auf den Wagentritt und brüllte nun ein »Hurrah« über das andere.

»Was hat das denn zu bedeuten?« fragte ich ganz erstaunt.

»Das ist meine Armee! Es ist die Bettlergarde, übrigens alles Gottesmänner und gute Freunde von mir. Jeder von ihnen, Dank Ihrer Großmuth, hat sich mit einem Gläschen das Herz erfreuen können, und da sind wir denn natürlich heiter und seelensvergnügt. Ach, Onkelchen, glauben Sie mir, nur in der Gesellschaft von Bettlern, von solchen braven Männern, läßt es sich noch einigermaßen auf dieser Welt leben! Sonst ist es wirklich nicht auszuhalten!«

Ich antwortete nicht darauf; in diesem Augenblicke aber erschien er mir so herzensgut, in seinem Gesicht sprach sich eine solche liebenswürdige beinahe kindliche Einfalt aus, daß ich mich im tiefsten Innern ergriffen fühlte. Wie ein Blitz fuhr mir der Gedanke, hier zu helfen, durch den Kopf.

»Setze Dich zu mir in den Wagen!« sagte ich.

Er machte eine Bewegung, die sein großes Erstaunen ausdrückte.

»Wie? Ich – in diesen Wagen?«

»Jawohl,« wiederholte ich. »Setze Dich zu mir, ich will Dir einen Vorschlag machen. Setze Dich doch, wir wollen zusammen weiterfahren.«

»Wie Sie wollen.«

Er nahm neben mir Platz.

»Und Ihr, meine lieben Freunde und ehrenwerthen Genossen,« fuhr er fort, sich an die Bettler wendend, »lebt wohl! Auf Wiedersehen!«

Er nahm seine Fellmütze ab und grüßte sehr höflich. Die Bettler standen starr vor Überraschung. Ich befahl dem Kutscher, die Pferde tüchtig laufen zu lassen, und so rollte denn unser Wagen bald wieder auf der Chaussee dahin.

Ich wollte Mischa folgenden Vorschlag machen: Mir war der Gedanke gekommen, ihn mit mir auf meinen Landsitz zu nehmen, der etwa dreißig Werst von jener Station entfernt war, auf der ich ihn wiedergesehen hatte. Hier wollte ich ihn bessern oder doch wenigstens den Versuch zu seiner Besserung unternehmen.

»Höre einmal, Mischa,« begann ich, »willst Du in meinem Hause leben? Du sollst ganz nach Deiner Bequemlichkeit leben; auch mit Kleidung und Wäsche wird man Dich versehen und Dich überhaupt ordentlich ausstatten. Geld zu Taback und anderen kleinen Genüssen und Vergnügungen sollst Du ebenfalls erhalten, aber alles das nur unter einer Bedingung: Du darfst keinen Branntwein mehr trinken. Gehst Du darauf ein?«

Mischa schien vor plötzlicher Freude ganz erschrocken zu sein; seine Augen blickten mich starr an, sein ganzes Gesicht erglühte; dann sank er plötzlich an meine Schulter, überhäufte mich mit Küssen und wiederholte einmal über das andere mit halberstickter Stimme:

«Onkel! Onkelchen, mein Wohlthäter, Gott vergelt's Ihnen!«

Schließlich brach er in lautes Weinen aus, nahm seine Fellmütze vom Kopf und wischte sich damit die Augen, die Nase und den Mund.

»Vergiß aber nicht,« sagte ich eindringlichst, »daß ich eine Bedingung gestellt habe, von deren Innehaltung alles Andere abhängig ist: Du darfst keinen Brantwein trinken.«

»Der Teufel hole den Branntwein!« rief er, beide Hände wie abwehrend von sich streckend. In Folge dieser Bewegung strömte förmlich eine Wolke von dem Spiritusgeruch, der ihn ganz zu durchdringen schien, auf mich zu.

»Ach, mein liebes gutes Onkelchen, wenn Sie nur wüßten, welch ein Leben ich geführt habe! Aber mein ständiger Gram war schuld an Allem und das Schicksal hat mir auch gar zu arg mitgespielt! Aber nun schwöre ich, Onkelchen, ja, ich schwöre Ihnen, daß ich mich bessern werde! Sie werden es ja sehen, Onkelchen; ich habe noch niemals gelogen, Sie können danach fragen, wen Sie wollen. Ich bin ein ehrlicher Mensch, Onkelchen, aber ich habe nun einmal kein Glück im Leben gehabt. Niemand hat mir bisher Liebes und Gutes erwiesen –«

Nun konnte er vor Schluchzen schon gar nicht mehr sprechen. Ich gab mir alle denkbare Mühe, ihn zu trösten und zu beruhigen, und das gelang mir endlich auch; als wir vor meinem Landhause anlangten, war Mischa schon längst in bleiernen Schlaf gesunken, wobei sein Haupt sich so tief herabbeugte, daß es schließlich auf meinen Knieen lag.

VII.

Sogleich nach unserer Ankunft wurde ein Zimmer für ihn in Ordnung gebracht, vor allen Dingen aber wurde für ihn ein Bad bereitet, das war es, worauf es dem Augenschein nach ganz besonders ankam. Seine gesammte Kleidung einschließlich des Dolches, der Fellmütze und der zerrissenen Stiefel wurde zusammengepackt und in eine Kammer gelegt und dafür erhielt er Wäsche, Pantoffeln und Kleidungsstücke von mir; wie dies merkwürdigerweise bei armen Teufeln, die man mit solchen Gegenständen ausstattet, immer der Fall ist, paßten auch ihm die Sachen wie angemessen. Als er dann zu Tisch kam, gewaschen, sauber, frisch, da sah er so frohbewegt, so glücklich und dankbar aus, daß auch ich vor Rührung und Freude mich gehoben fühlte. Der Ausdruck seines Gesichtes hatte sich vollkommen verändert. So sehen wohl zwölfjährige Knaben am Ostersonntag aus, wenn sie das Abendmahl bekommen haben und nun mit ihren überaus stark pomadisirten Haaren, in neuen Anzügen und mit steifgestärkten Kragen in Begleitung ihrer Eltern ausgehen, um allen lieben Verwandten und Bekannten die »Osterküsse« zu verabreichen.

Mischa tastete fortwährend vorsichtig und mit der Miene eines Zweifelnden an sich selbst herum und wiederholte beständig: »Wie hängt denn das Alles zusammen? Sollte ich vielleicht doch schon im Himmel sein?«

Am andern Morgen erklärte er mir zum Ueberfluß auch noch, daß er vor Entzücken und Freude während der ganzen Nacht kein Auge habe schließen können.

Eine alte Tante mit ihrer Nichte lebte damals bei mir in jenem Landhause. Beide waren außerordentlich bestürzt, als sie hörten, daß ich Mischa mitgebracht hätte; sie konnten gar nicht begreifen, wie ich einen solchen verkommenen Menschen zu mir ins Haus nehmen könnte; der Ruf, der ihm voranging, war nämlich in Wirklichkeit so ziemlich der schlechteste, den ein Mensch überhaupt haben kann. Nun war ich aber erstens fest davon überzeugt, daß er sich den Damen gegenüber keine Freiheit herausnehmen würde, und zweitens hatte er mir ja fest versprochen, daß er sich bessern wolle. Und während der ersten beiden Tage rechtfertigte Mischa nicht nur die Hoffnungen, die ich auf ihn baute, sondern er übertraf noch in jeder Beziehung meine Erwartungen. Meine Damen waren von ihm geradezu entzückt. Mit der alten Tante spielte er Piquet, war ihr beim Garnwickeln behilflich und lehrte sie einige neue Arten des Patiencespieles; die Nichte, die eine allerdings nicht sehr umfangreiche Stimme hatte, begleitete er auf dem Klavier, auch las er ihr russische und französische Gedichte vor. Außerdem erzählte er den Damen lustige, dabei aber durchaus schickliche Anekdoten, mit einem Wort: er unterhielt sie so gut und erwies sich in kleinen Handgriffen und Dienstleistungen so geschickt und anstellig, daß sie ihr Erstaunen offen ausdrückten. Die Tante fügte noch hinzu:

»Da kann man wieder einmal sehen, wie ungerecht doch die Menschen urtheilen! Was haben sie nicht Alles über ihn zu erzählen gewußt und wie höflich, wie nett und artig ist er doch in Wirklichkeit. Armer Mischa!«

Nun muß ich allerdings erwähnen, daß der »arme Mischa« immer in besonders ausdrucksvoller Art die Lippen leckte, sobald er bei Tische eine Flasche auch nur von Weitem zu sehen bekam. Ich brauchte ihm jedoch nur mit dem Finger zu drohen, so schlug er die Augen zur Decke empor, legte die Hand aufs Herz und sagte: »Aber ich habe ja geschworen!«

»Ich bin jetzt wie vollständig umgewandelt,« versicherte er mich einmal über das Andere.

»Gott gebe, daß es wahr ist,« dachte ich bei mir selbst.

Leider hatte diese Umwandlung keinen langen Bestand.

Während der beiden ersten Tage war er sehr gesprächig, aufgeweckt und heiter. Aber schon am dritten Tage erschien er mir etwas verstimmt, obwohl er es noch nicht merken lassen wollte und nach wie vor bemüht war, in Gesellschaft der Damen zu bleiben und sie zu unterhalten. Auf seinem Gesicht lag ein Ausdruck, wie aus Traurigkeit und Nachdenklichkeit gepaart, und dieses Gesicht erschien mir auch etwas bleicher und eingefallener zu sein, als an den vorhergehenden Tagen.

»Solltest Du unwohl sein?« fragte ich ihn.

»Ja,« antwortete er; »ich habe etwas Kopfschmerzen.«

Am vierten Tage war er schon vollständig schweigsam. Er saß fast immer in eine Ecke gedrückt, ließ wie eine kummervolle Waise den Kopf hängen und sein betrübtes Aussehen erweckte das innige Mitleid der beiden Damen, die nun ihrerseits Alles aufboten, um ihn zu unterhalten und zu zerstreuen. Bei Tisch aß er nichts, starrte unverwandten Blickes auf seinen Teller und drehte mechanisch Brodkügelchen zwischen den Fingern.

Am fünften Tage hegten die Damen nicht mehr das Gefühl des Mitleids für ihn; an seine Stelle trat das des Mißtrauens und sogar der Furcht. Mischa blickte finster vor sich her; er mied jede Gesellschaft, schlich an den Wänden entlang wie Einer, der ein böses Gewissen hat, und drehte sich dann plötzlich mit schneller Wendung um, als glaubte er, daß ihn Jemand gerufen habe. Und wohin war die rosige Farbe seiner Wangen gekommen? Er sah aus, als sei er dem Grabe entstiegen.

»Bist Du noch immer unwohl?« fragte ich ihn.

»Nein, ich bin ganz wohl,« entgegnete er kurz und unwirsch.

»Langweilst Du Dich?«

»Weshalb sollte ich mich langweilen?«

Dabei wandte er sich zur Seite, als könnte er meinen Blick nicht ertragen.

»Ist vielleicht Dein alter Gram wieder erwacht?«

Er antwortete nichts auf diese Frage. In dieser Stimmung und Situation ging noch ein Tag vorbei. Am darauf folgenden Tage kam die Tante eiligst in mein Arbeitszimmer gelaufen; sie befand sich sichtlich in großer Erregung und erklärte kurz und bündig, daß sie mit ihrer Tochter das Haus verlassen werde, wenn Mischa noch länger in demselben bleibe.

»Aber weshalb denn?«

»Weshalb? Weil wir nicht wissen, wie wir uns vor ihm in Acht nehmen sollen, das ist ja gar kein Mensch mehr! Er läuft herum wie ein Wolf, ja, wie ein tollgewordener Wolf! Er geht umher, immer auf und ab, spricht kein Wort dabei, und sieht Einen nur so fürchterlich wild an! Es fehlte nur noch, daß er mit den Zähnen fletscht. Du weißt ja nun doch, daß meine Katia so sehr nervös ist. Vom Tage seiner Ankunft an hat sie sich für ihn interessirt. Jetzt habe ich natürlich Furcht, ihretwegen, und auch meinetwegen.«

Ich wußte nicht, was ich meiner Tante antworten sollte. Unmöglich konnte ich Mischa so ohne Weiteres wieder aus dem Hause weisen, nachdem ich selbst ihn zu mir eingeladen hatte.

Er selbst befreite mich aus der sehr peinlichen Situation.

An demselben Morgen, ich hatte mein Arbeitszimmer noch nicht verlassen, hörte ich plötzlich hinter mir eine dumpfe, mißlautende Stimme.

»Nikolai Nikolajewitsch! Heda, Nikolai Nikolajewitsch!«

Ich wandte mich um; in der Thür stand Mischa. Sein Gesicht war schrecklich anzusehen; ganz entstellt und finster blickte er drein.

»Nikolai Nikolajewitsch!« wiederholte er. (Er nannte mich nicht mehr »Onkelchen.«)

»Was willst Du?«

»Lassen Sie mich meines Weges gehen, sofort!«

»Wie meinst Du?«

»Sie sollen mich weiterziehen lassen. Sonst richte ich ein Unglück an; ich stecke das Haus in Brand oder ich schlage irgend Jemanden zu Boden.«

Er erbebte und zitterte, wie vom Fieber geschüttelt.

»Lassen Sie mir sofort meine Sachen wiedergeben,« fuhr er fort. »Geben Sie mir einen Wagen, der mich wenigstens bis zur Landstraße bringt, und wenn Sie dann noch wollen, geben Sie mir ein Stück Geld auf die Wanderschaft.«

»Aber bist Du denn über irgend etwas unzufrieden?« fragte ich.

»Ich kann so nicht länger leben!« schrie er mit aller Kraft seiner Lungen. »Ich kann nicht in Ihrem verdammt anständigen, in Ihrem Herrschaftshause leben! Es ekelt mich an! Ich schäme mich, so ruhig dahinzuleben! Wie können Sie selbst das nur ertragen?«

»Mit andern Worten,« unterbrach ich ihn meinerseits, »Du willst sagen, daß Du ohne Branntwein nicht bestehen kannst.«

»Nun ja! Nun ja!« brüllte er. »Lassen Sie mich doch nur wieder zurück zu meinen Brüdern, zu meinen lieben Freunden, den Bettlern. Zum Teufel mit Ihrer widerwärtig anständigen, Ihrer vornehmen und gebildeten Gesellschaft!«

Ich wollte ihn anfänglich an das mir gegebene Versprechen erinnern, das er noch dazu mit einem Eide beschworen hatte; aber sein furchtbar erregter Gesichtsausdruck, das abgerissene, stoßweise Sprechen, das konvulsivische Zittern aller seiner Gliedmaßen, das Alles war so schrecklich, daß ich mich beeilte, mit ihm auseinanderzukommen. So erklärte ich ihm denn, daß er sofort seinen früheren Anzug wiedererhalten solle und daß man eine Telega anspannen werde; dann nahm ich eine Fünfundzwanzigrubelnote aus dem Schranke und legte sie auf den Tisch. Mischa kam drohend auf mich zu, plötzlich aber blieb er stehen, er stutzte und sein Gesicht war wie von Blut übergössen. Dann schlug er sich vor die Brust, Thränen liefen ihm aus den Augen, er stammelte: »Onkelchen, Du mein Engel! Ich bin ein verlorener Mensch! Dank! Dank!«

Damit ergriff er die Banknote und lief davon.

Eine Stunde später saß er bereits auf der für ihn angespannten Telega; wieder war er als Tscherkesse gekleidet, wieder sah er rosig und heiter aus, wie nur je zuvor. Als die Pferde anzogen, schrie er vor Freude laut auf, riß die Fellmütze vom Kopf, schwenkte sie über seinem Haupte und machte dann eine Verbeugung nach der andern. Einen Moment vor seiner Abreise hatte er mich noch lange umarmt, mich fest an seine Brust gedrückt und dabei gestammelt: »Mein Wohlthäter! Du mein Wohlthäter! Ich bin ja doch nicht mehr zu retten!« Er war auch zu den Damen gelaufen, hatte ihre Hände mit Küssen bedeckt, war vor ihnen auf die Knie gesunken, hatte Gott angerufen und ihn um Verzeihung für sein Thun gebeten. Als der Wagen sich entfernt hatte, fand ich Katia in Thränen.

Der Kutscher, mit welchem Mischa abgefahren war, erzählte mir nach seiner Heimkehr, daß er Jenen bis zur ersten an der Landstraße belegenen Schenke gefahren habe. Ihn von dort wieder fortzubringen habe er kein Mittel gefunden. Mischa hatte alle Anwesenden eingeladen, auf seine Kosten zu trinken, und bald war er wieder so bezecht gewesen, daß er besinnungslos auf der Bank lag.

Seit jener Zeit bin ich mit meinem Neffen nicht mehr zusammen-getroffen. Was ich aber über seinen Ausgang von anderer Seite vernommen, will ich hier noch kurz erzählen.

VIII.

Es mochten seit den eben geschilderten Ereignissen etwa drei Jahre verflossen sein, als ich mich wieder einmal auf meinem Landgute befand. Ein Diener trat zu mir ins Zimmer und sagte, daß eine Frau Poltew mich zu sprechen wünsche. Ich kannte nun keine Frau Poltew und der Diener hatte auch, als er mir die Meldung machte, auf etwas sarkastische Art gelächelt. Auf meinen fragenden Blick theilte er mir mit, daß die Dame, welche mich zu sprechen wünsche, jung sei, ärmliche Kleidung trage und in einem Bauernwagen angekommen sei, dessen einziges Pferd sie selbst gelenkt habe.

Ich ließ der Frau Poltew sagen, daß ich sie in meinem Arbeitszimmer sprechen werde.

Bald stand ich einer etwa fünfundzwanzigjährigen Frau gegenüber, die den Anzug des kleinen Bürgerstandes trug und ein Tuch um den Kopf geschlungen hatte. Das Gesicht bot nichts ungewöhnliches; es war ein bischen rund, deshalb aber nicht ohne Anmuth. Sie hielt die Augen gesenkt – später konnte ich bemerken, wie kummervoll und traurig ihr Blick war. Alle ihre Bewegungen zeugten von Scheu und Verlegenheit.

»Sie find Frau Poltew?« fragte ich, sie mit einer Handbewegung einladend, Platz zu nehmen.

»Jawohl, mein Herr!« antwortete sie mit leiser Stimme und ohne sich zu setzen. »Ich bin die Wittwe Ihres Neffen Michael Andrejewitsch Poltew.«

»Michael Andrejewitsch ist todt? Seit wann? Aber bitte, nehmen Sie doch Platz.«

Sie ließ sich auf einen Stuhl nieder.

»Vor fast zwei Monaten ist er gestorben.«

»Sind Sie lange mit ihm verheirathet gewesen?«

»Ich habe im Ganzen ein Jahr mit ihm zusammen gelebt.«

»Woher kommen Sie jetzt?«

»Aus der Gegend von Tula. Dort liegt ein Dorf, das Snamonskoje-
Gluschkowo heißt; vielleicht kennen Sie es. Ich bin die Tochter des
dortigen Küsters und dort haben auch mein Mann und ich gelebt.
Er ließ sich bei meinem Vater nieder. Ja, ein Jahr lang haben wir
zusammen gelebt.«

Die junge Frau hielt ihre Hand vor die Augen; die Lippen zitter-
ten leicht. Man sah, daß es sie drängte zu weinen, aber sie bezwang
sich und unterdrückte die Bewegung mit einem Husten.

»Mein armer Mischa Andrejewitsch hat mich, bevor er aus dem
Leben schied, beauftragt, Sie aufzusuchen. Du mußt auf jeden Fall
zu ihm reisen, hat er gesagt. Und dann befahl er mir noch, daß ich
Ihnen für alle Ihre Güte danken – und daß ich – Ihnen dies hier –«
(sie zog ein kleines Päckchen aus der Tasche) – »dies hier übergeben
soll – eine Kleinigkeit, die er stets mit sich herumtrug. Und Michael
Andrejewitsch hat noch gesagt, Sie möchten es, wenn es Ihnen ge-
fällig ist, zum Andenken an ihn annehmen. Sie möchten, sagte er,
das kleine Geschenk nicht zurückweisen, denn ein anderes kann er
Ihnen nicht machen.«

Das Päckchen enthielt eine kleine silberne Tasse mit dem Na-
menszuge von Mischa's Mutter. Ich hatte die Tasse oft in Mischa's
Hand gesehen und erinnerte mich, daß er einst, als wir von irgend
einem armen Teufel sprachen, sagte: »Ja, der ist wirklich arm, denn
er besitzt weder Tasse noch Schüssel, während ich doch immer
noch dieses Täßchen hier habe.«

Ich dankte der jungen Frau, nahm die Tasse und fragte dann: »An
welcher Krankheit starb Mischa? Vermuthlich doch –«

Ich biß mich auf die Zunge, aber die Frau verstand nur zu gut,
was ich hatte sagen wollen. Sie warf einen schnellen Blick auf mich,
senkte dann wieder die Augen und sagte mit traurigem Lächeln: »O
nein! Seit dem Tage, da er mich kennen gelernt, hat er darauf vollständig verzichtet. Aber wie stand es mit seiner Gesundheit? Sie
war vollständig zerstört. Sobald er das Trinken aufgab, packte ihn
die Krankheit mit grimmigster Gewalt. Und er war doch so vernünftig, so ordentlich geworden! Immer wollte er meinem Vater
helfen – in der Hauswirthschaft, oder im Garten, oder wo es sonst
nur irgend etwas zu thun gab. Er schämte sich der Arbeit garnicht,
obwohl er doch von adliger Geburt ist. Aber woher sollte er die

Kräfte nehmen? Dann wollte er sich als Schreiber beschäftigen; Sie wissen vielleicht noch, daß er mit diesem Fach sehr vertraut war. Aber seine Hand zitterte, und er konnte die Feder nicht so halten, wie es beim Schreiben nöthig ist. Er machte sich die heftigsten Selbstvorwürfe. »Weiße Händchen habe ich, sagte er, die Hände eines richtigen Nichtsthuers, eines Müßiggängers. Ich habe Niemandem etwas Gutes erwiesen, Niemandem geholfen, habe niemals gearbeitet! Das war's, worüber er sich am meisten grämte. Er sagte: Unser Volk quält und schindet sich ab und wir – was thun wir inzwischen? Ach, Nikolai Nikolajewitsch, er war wirklich herzensgut – und er liebte mich so sehr – auch ich – ach verzeihen Sie – «

Die junge Frau brach in Thränen aus. Ich hätte sie so gern getröstet – aber wie sollte ich das anfangen?

»Haben Sie ein Kind?« fragte ich endlich.

Sie seufzte.

»Ein Kind? Nein?« – Und ihre Thränen flössen noch stärker.

IX.

Das war das Ende, das mein Neffe Mischa genommen, schloß der alte P. seine Erzählung. Sie werden mir wohl zugeben, meine Herren, daß ich Recht hatte, wenn ich ihn einen »Verzweifelten« nannte. Aber ohne Zweifel geben Sie auch das zu, daß er den Verzweifelten von heut zu Tage durchaus nicht gleicht, obwohl ja nicht ausgeschlossen ist, daß ein Philosoph zwischen beiden Arten verwandte oder sogar gleiche Züge herauszufinden vermag. Auf beiden Seiten macht sich derselbe Drang zur Selbstzerstörung bemerkbar, derselbe Trübsinn, dasselbe Unbefriedigtsein mit sich und der Welt.

Aber woher dieses Gefühl stammt, das ist eine Frage, deren Beantwortung ich auch lieber den Philosophen überlassen möchte.

Über tredition

Eigenes Buch veröffentlichen

tredition wurde 2006 in Hamburg gegründet und hat seither mehrere tausend Buchtitel veröffentlicht. Autoren veröffentlichen in wenigen leichten Schritten gedruckte Bücher, e-Books und audio-Books. tredition hat das Ziel, die beste und fairste Veröffentlichungsmöglichkeit für Autoren zu bieten.

tredition wurde mit der Erkenntnis gegründet, dass nur etwa jedes 200. bei Verlagen eingereichte Manuskript veröffentlicht wird. Dabei hat jedes Buch seinen Markt, also seine Leser. tredition sorgt dafür, dass für jedes Buch die Leserschaft auch erreicht wird.

Im einzigartigen Literatur-Netzwerk von tredition bieten zahlreiche Literatur-Partner (das sind Lektoren, Übersetzer, Hörbuchsprecher und Illustratoren) ihre Dienstleistung an, um Manuskripte zu verbessern oder die Vielfalt zu erhöhen. Autoren vereinbaren direkt mit den Literatur-Partnern die Konditionen ihrer Zusammenarbeit und partizipieren gemeinsam am Erfolg des Buches.

Das gesamte Verlagsprogramm von tredition ist bei allen stationären Buchhandlungen und Online-Buchhändlern wie z. B. Amazon erhältlich. e-Books stehen bei den führenden Online-Portalen (z. B. iBookstore von Apple oder Kindle von Amazon) zum Verkauf.

Einfach leicht ein Buch veröffentlichen: **www.tredition.de**

Eigene Buchreihe oder eigenen Verlag gründen

Seit 2009 bietet tredition sein Verlagskonzept auch als sogenanntes "White-Label" an. Das bedeutet, dass andere Unternehmen, Institutionen und Personen risikofrei und unkompliziert selbst zum Herausgeber von Büchern und Buchreihen unter eigener Marke werden können. tredition übernimmt dabei das komplette Herstellungs- und Distributionsrisiko.

Zahlreiche Zeitschriften-, Zeitungs- und Buchverlage, Universitäten, Forschungseinrichtungen u.v.m. nutzen diese Dienstleistung von tredition, um unter eigener Marke ohne Risiko Bücher zu verlegen.

Alle Informationen im Internet: **www.tredition.de/fuer-verlage**

tredition wurde mit mehreren Innovationspreisen ausgezeichnet, u. a. mit dem Webfuture Award und dem Innovationspreis der Buch Digitale.

tredition ist Mitglied im Börsenverein des Deutschen Buchhandels.

Dieses Werk elektronisch lesen

Dieses Werk ist Teil der Gutenberg-DE Edition DVD. Diese enthält das komplette Archiv des Projekt Gutenberg-DE. Die DVD ist im Internet erhältlich auf **http://gutenbergshop.abc.de**

Zeitfracht Medien GmbH
Ferdinand-Jühlke-Straße 7,
99095 - DE, Erfurt
produktsicherheit@zeitfracht.de